गुलज़ार एक मशहूर शायर हैं जो फ़िल्में बनाते हैं। गुलज़ार एक अप्रतिम फ़िल्मकार हैं जो कविताएँ, कहानियाँ लिखते हैं।

बिमल राय के सहायक निर्देशक के रूप में शुरू हुए। फ़िल्मों की दुनिया में उनकी कविताई इस तरह चली कि हर कोई गुनगुना उठा। एक 'गुलज़ार-टाइप' बन गया। अनूठे संवाद, अविस्मरणीय पटकथाएँ, आसपास की ज़िन्दगी के लम्हे उठाती मुग्धकारी फ़िल्में। 'परिचय', 'आँधी', 'मौसम', 'किनारा', 'ख़ुशबू', 'नमकीन', 'अंगूर', 'इजाज़त'—हर एक अपने में अलग।

1934 में दीना (अब पाकिस्तान) में जन्मे गुलज़ार ने रिश्ते और राजनीति—दोनों की बराबर परख की। उन्होंने 'माचिस' और 'हू-तू-तू' बनाई, 'सत्या' के लिए लिखा—'गोली मार भेजे में, भेजा शोर करता है...'

कई किताबें लिखीं। चौरस रात और रावी पार में कहानियाँ हैं तो 'गीली मिट्टी' एक उपन्यास। 'कुछ नज़्में', 'साइलेंसेस', 'पुखराज', 'चाँद पुखराज का', 'ऑटम मून', 'त्रिवेणी', 'पाजी नज़्में' वगैरह में कविताएँ हैं। बातों-मुलाक़ातों की किताबें 'बोसकीयाना' और 'जिया जले' भी हैं। बच्चों के मामले में बेहद गम्भीर। बहुलोकप्रिय गीतों के अलावा ढेरों प्यारी-प्यारी किताबें लिखीं जिनमें कई खंडों वाली 'बोसकी का पंचतंत्र' भी है। 'मेरा कुछ सामान' फ़िल्मी गीतों का पहला संग्रह था, 'छैंया-छैंया' दूसरा, 'गुनगुनाइए' नया संग्रह है। 'खराशें', 'आस-पड़ोस', 'पाँसा' और 'अरे...ओ'हेनरी' नाट्य-पुस्तकें हैं। 'मीरा', 'ख़ुशबू', 'आँधी' और अन्य कई फ़िल्मों की पटकथाएँ लिखीं। 'मंज़रनामा' सीरीज़ में सभी के मंजर प्रकाशित हैं। 'सनसेट प्वॉइंट', 'विसाल', 'वादा', 'बूढ़े पहाड़ों पर' या 'मरासिम' जैसे अलबम हैं तो 'फ़िज़ा' और 'फ़िलहाल' भी। यह विकास-यात्रा का नया चरण है।

बाक़ी कामों के साथ-साथ 'मिर्ज़ा ग़ालिब' जैसा प्रामाणिक टी.वी. सीरियल बनाया, कई अलंकरण पाए। सफ़र इसी तरह जारी है। चिट्ठी का पता वही है—बोस्कियाना, पाली हिल, बान्द्रा, मुम्बई।

AF730327

नमकीन

मंज़रनामा

गुलज़ार

राधाकृष्ण पेपरबैक्स

पहला पुस्तकालय संस्करण
राधाकृष्ण प्रकाशन प्राइवेट लिमिटेड द्वारा
2016 में प्रकाशित

राधाकृष्ण पेपरबैक्स में
पहला संस्करण : 2016
आवृत्ति : 2025

राधाकृष्ण पेपरबैक्स : उत्कृष्ट साहित्य के जनसुलभ संस्करण

राधाकृष्ण प्रकाशन प्रा. लि.
जी-17, जगतपुरी
दिल्ली-110 051
द्वारा प्रकाशित

शाखाएँ : अशोक राजपथ, साइंस कॉलेज के सामने, पटना-800 006
पहली मंजिल, दरबारी बिल्डिंग, महात्मा गांधी मार्ग, प्रयागराज-211 001
1, अनमोल सोराबजी सन्तुक लेन, धोबी तलाव, मरीन लाइंस, मुम्बई-400 002
वेबसाइट : www.radhakrishnaprakashan.com
ई-मेल : info@radhakrishnaprakashan.com

यश प्रिंटोग्राफिक्स
नोएडा-201 301 (उत्तर प्रदेश)
द्वारा मुद्रित

मूल्य : ₹199

NAMKEEN
by Gulzar

ISBN : 978-81-8361-811-3

दीबाचा

जो नज़र आता है, उसे मंज़र कहते हैं और मनाज़िर में कही गई कहानी का नाम मंज़रनामा है। अंग्रेज़ी में इसके लिए दो अल्फ़ाज इस्तेमाल होते हैं : एक स्क्रीनप्ले है, दूसरा सिनेरिओ (Scenerio)। दोनों तक़रीबन एक-से हैं लेकिन स्क्रीनप्ले में 'डिज़ॉल्व' और 'कट' और दूसरी तकनीकी हिदायतें भी लिख दी जाती हैं, जो डायरेक्टर की मदद करती हैं। इसमें 'सेट' यानी 'महल वक़ू' और मंज़र का वक़्त भी दर्ज किया जाता है। (यानी मंज़रनामा सुबह, शाम, रात या दोपहर, किस वक़्त का है) ये तफ़सीलात डायरेक्टर के लिए तभी ज़रूरी होती हैं, जब वह स्क्रीनप्ले को फ़िल्माता है, वरना ये तकनीकी हिदायतें पढ़ने में रुकावट पैदा करती हैं। इसलिए आम कारी के पढ़ने के लिए सिनेरिओ ही ज़्यादा मौज़ूँ है, ताकि वह उसे एक नॉवल की सूरत बिना किसी रुकावट के पढ़ सके। इसी का नाम मंज़रनामा है।

अदब में मंज़रनामा एक मुकम्मिल फ़ॉर्म भी है, जिसकी पहली मिसाल जो मेरी नज़र में गुज़री, वह डी. सैका का मंज़रनामा 'अमरीका अमरीका' था। इस डायरेक्टर ने वह मंज़रनामा पहले लिखा, शाया किया और बाद में इस पर फ़िल्म बनाई। अदब में बहुत-से मुसन्निफ़ हैं जो अपने नॉवल भी तक़रीबन मंज़रनामे की शक्ल में लिखते हैं। शरतचन्द्र के बेशतर नॉवल इस फ़ॉर्म के बहुत क़रीब हैं।

ये मंज़रनामे पेश करने का एक मक़सद कारी को इस फ़ॉर्म से मुतारिफ़ करना भी है और दूसरे यह कि टी.वी. और सिनेमा से दिलचस्पी रखनेवाले शायक़ीन यह देख सकें कि नॉवल को किस तरह मंज़रनामे की शक्ल दी जाती है। मेरे लिए यह एतराफ़ करना ज़रूरी है कि मैं मंज़रकशी पर किसी महारत का दावेदार नहीं–कोई दूसरा

डायरेक्टर या मुसन्निफ़, हो सकता है, मुझसे बेहतर मंज़रनामा तख़लीक कर ले!

मंज़रनामा का अन्दाज़े-बयान अमूमन ओरिजिनल कहानी से अलग हो जाता है इसलिए वह अस्ल कहानी या नॉवल या सवानेह उमरी का Interpretation बन जाता है, जिसकी मिसाल चन्द मशहूर फिल्मों से दी जा सकती है, जैसे–'अनारकली' और 'मुग़लेआज़म' एक ही ड्रामे को माखूज़ किए गए हैं। 'देवदास' जितनी बार बनी, और कई ज़बानों में बनी, उसका मंज़रनामा बदलता रहा। टी.वी. की आमद से मंज़रनामों की ज़रूरत में बहुत इज़ाफ़ा हो गया है। छोटे-छोटे अफ़सानों के मंज़रनामे भी लिखे जाने लगे हैं। अहमद नदीम कासमी, राजिन्दर सिंह बेदी, भीष्म साहनी, मुंशी प्रेमचन्द और दूसरे बेशुमार अदीबों के अफ़सानों पर काम हो रहा है। बहुत-से सीरियल सीधे मंज़रनामों में लिखे जाते हैं। टी.वी. की फिल्मों के लिए चूँकि वक़्त की पाबन्दी (तवालत, Duration) का लिहाज़ रखना पड़ता है, इसलिए मंज़रनामों के लिए अक्सर अदब से लिये गए मशहूर अफ़सानों को कभी मुख़्तसर करना पड़ता है, कभी फैलाव देना पड़ता है।

मुझे उम्मीद है कि मेरी यह कोशिश दूसरों के लिए कारआमद साबित होगी और दूसरों के तजुर्बों से मुझे फ़ायदा होगा–कोई नई राह खुलेगी, कोई नई बात पैदा होगी।

नमकीन

[1]

पहाड़ों पर बसा एक गाँव। गाँव की एक बस्ती, और बस्ती की कच्ची-पक्की सड़क पर दो आदमी बातें करते चले आ रहे थे। एक शख़्स का नाम धनीराम था। दूसरा ट्रक ड्राइवर था, जिसके हाथ में एक ट्रंकी थी। धनीराम कह रहा था :

"चार-पाँच महीने तो लगेंगे तुम्हें? कितने साल हो गए तुम्हें ट्रक लिये हुए?"

चलते-चलते धनीराम को पास से गुज़रते हुए गाँव के आदमी ने सलाम किया :

"नमस्ते काका, कैसे हो?"
"ठीक हूँ।"

गेरूलाल, जो एक ट्रक-ड्राइवर था, रहने के लिए एक कमरा देखने जा रहा था—धनीराम के साथ।

"दो साल हो गए ट्रक लिये, अभी तक..."

इन बातों के बीच एक लड़का, जो साइकल पर चला आ रहा था, उनसे आ टकराया। धनीराम ने डाँटा :

"देख के नहीं चलता?"
"दूर से आवाज़ तो दी थी लेकिन आप लोग..."

लड़का बड़-बड़ करता साइकल उठाकर भाग गया। गेरूलाल के हाथ से उसका बक्सा गिर पड़ा था। उसे उठाया। धनीराम ने पूछा :

"चोट तो नहीं आई?"
"ठीक हूँ मैं।"

फिर बोला :

"अगर पहले देख लेते तो अच्छा था।"
"देख लेते तो टक्कर ही क्यूँ होती?"
"मैं...साइकल की नहीं, मकान की बात कर रहा हूँ। अगर मकान पहले देख लेते तो अच्छा था।"
"अब लड़की देखने थोड़े ही जा रहा है! शादी थोड़ी ही करनी है! जहाँ चार दीवारें जोड़ लीं, ऊपर से छत पड़ गई, मकान हो गया।"
"लेकिन फिर भी लाला, जिस जगह रात-दिन ग़ुज़ारने हैं, काटने..."

धनीराम ने आदतन बीच में बात काटी :

"अब तो, दिन काटेगा काम पर। रात काटने के लिए, नहाने-धोने की बात न होती तो...वैसे मकान पक्का है, वक़्त के साथ-साथ पुराना ज़रूर हो गया है। दीवारें कहीं-कहीं से...पक्का न होता तो, इतने दिन रहता? किराया वाजिब है और लोग भी बहुत...ठेका ख़त्म हो जाएगा, तू भी चला जाएगा।

जितने दिन तक पुल बनता है, बस, उतने ही दिन तक की तो बात है।''

धनीराम की आदत थी, एक बात करते-करते दूसरी पर फिसल जाता था। वैसे ही धनीराम एक पगडंडी से दूसरी पगडंडी पर चला जा रहा था। रुककर गेरूलाल ने पूछा :

''लाला, और कितनी दूर है?''

''क्यूँ, थक गए? हाँ, भई, ठीक भी है, रात-दिन गड्डियों पे चलने वाले को आज पैदल चलना पड़ गया।''

''लेकिन ये तू मुझे कहाँ लेकर जा रहा है?''

''तू चल तो सही।''

''ट्रक कैसे जा सकेगा वहाँ?''

''नीचे उतरते ही सड़क मिल जाएगी, ट्रक वहाँ से ले जाना। ये शॉर्ट कट है।''

''अच्छा, लाला, मकान-मालिक कौन है?''

''बहुत भले लोग हैं। घर में पुरुष कोई नहीं, तेरे आने से उनको भी सहारा हो जाएगा। तू शरीफ़ आदमी है न, इसलिए...''

यह सुनकर गेरूलाल रुक गया। धनीराम से पूछा :

''तू मेरा इन्तज़ाम कर रहा है, या उन लोगों का?''

''उफ़...तू बड़ा अड़ियल है गेरू! तू मेरे होटल में खाना खाता है?''

''हाँ...''

''पैसे भी देता है?''

''हाँ...''

''ग़र्ज़ किस की--तेरी या मेरी?''

''दोनों की।''

''फिर? चल आगे।''

फिर दोनों चल दिए, पगडंडी पर।

[2]

एक बूढ़ी औरत टूटे-फूटे मकान के आँगन में बैठी गोबर से उपले बनाने के लिए, उसमें पानी और भूसा मिलाकर सान रही थी और अपने-आपसे बात भी करती जा रही थी। उसे सब अम्माँ कहकर बुलाते थे। बड़बड़ा रही थी :

''पहले ग़रीबी में आटा गीला करती थी, अब ग़रीबी में गोबर गीला करती हूँ। पेट भरने को तो अब उपले ही रह गए हैं। सूखेंगे नहीं तो बिकेंगे कैसे?...बिकेंगे नहीं तो पेट कैसे भरेगा?''

बूढ़ी अम्माँ ने टोकरी में गोबर भरा और उठाकर उपले बनाने के लिए, घर के आँगन से बाहर जाने लगी।

[3]

गेरूलाल और धनीराम घर के क़रीब पहुँच गए थे, जहाँ धनीराम गेरूलाल को कमरा दिला रहा था। दूर से धनीराम ने गेरूलाल को घर दिखाया। देखकर गेरू बोला :

''ये वाला?''
''हाँ...क्यूँ, है न पक्का मकान?''
''है तो सही, लेकिन यहाँ कोई रहता भी है कि...''

घर के अन्दर से एक लड़की झाँक रही थी। गेरू की नज़र उस पर पड़ गई। उसने धीरे से धनीराम से पूछा :

"वो कौन है?"

धनीराम ने उस लड़की को देखा, जो उस मकान से झाँक रही थी।

"मिट्ठू...ज़रा अम्माँ को कहियो, वही किराएदार आया है।"

जैसे ही दोनों घर के अन्दर दाख़िल हुए कि पास की दीवार से एक और लड़की कूदी जो पहले वाली से छोटी लग रही थी। धनीराम बोला :

"क्या पक्के अमरूद की तरह टपकी है!"

लड़की कैरी चूस रही थी।

"अमरूद नहीं, आम।"

तभी अन्दर से चिन्की को किसी ने आवाज़ दी :

"चिन्की?"
"आई।"

चिन्की घर के अन्दर भाग गई। धनीराम ने बताया :

"ये तीसरी है।"
"लेकिन ये तो दूसरी हुई न?"
"ये दूसरी है न, दरअसल तीसरी है।"
"और पहली?"

"और वो जो पहली थी, वो दरअसल में दूसरी है।"
"और तीसरी?"
"अरे अभी तीसरी देखी न!"

गेरू की समझ में नहीं आ रहा था। लड़कियाँ उसने दो ही देखी थीं और धनीराम तीन बता रहा था।

"ये दूसरी हुई न?"
"अरे भाई..."

जैसे ही कुछ आगे बोलना चाहा कि घर में से अम्माँ निकलकर आई और धनीराम को पहचानकर उसके नाम से मुख़ातिब हुई :

"क्यूँ रे धनीराम, किसे ले आया?"
"किराएदार लाया हूँ अम्माँ!"
"किराया देगा भी...कि पहले वाले की तरह ये भी मुफ़तख़ोर निगलेगा—हूँ?"

गेरू चुपचाप अम्माँ की बात सुन रहा था। अम्माँ ने गेरू को देखकर कहा :

"सूरत से तो बड़ा मक्कार लगता है।"

धनीराम खिसियाकर हँस पड़ा। आँखों का चश्मा ठीक करते-करते गेरू से अम्माँ ने फिर कहा :

"क्यूँ रे...दे देगा किराया?"

घबराते हुए गेरू ने जवाब दिया :

"हाँ...अम्माँ...किराया तो दूँगा लेकिन पहले मैं..."

बीच में अम्माँ बोल पड़ी :

"ईमानदारी से दे देना तू। मैं बहुत ग़रीब औरत हूँ, किसी की भीख पर नहीं जीती। किसी की पाई सिर पर नहीं रखती और न अपनी किसी के सिर पे रहने देती हूँ। क़िस्मत फोड़कर चला गया मेरी। तीन-तीन बेटियाँ डाल गया गोद में। कैसे बड़ा किया है, मैं ही जानती हूँ। एक बेटा होता तो, ये दिन तो न देखने पड़ते!"

फिर ख़ुद ही हँस पड़ी।

"मैं भी कितनी पागल हूँ! उसका भी क्या दोष उसमें, जना तो मैंने ही था न! बेटियाँ न जन कर बेटे जनती तो...तू भी तो बेटे जैसा ही है। मेरे पास कुछ होता तो तेरे से पैसे थोड़े ही लेती। बेटों से कोई पैसा लेता है? पेशगी देगा तू?"
"हाँ..."
"अरे मिट्ठू...चल, सामान रख दे इसका कमरे में।"

मिट्ठू गेरू के हाथ से सामान लेने लगी।
गेरू ने कहा :

"लेकिन पहले कमरा तो..."

अम्माँ बोली :

"कमरा खोल दे।"

धनीराम ने धीरे से गेरू से कहा :

"क्या कमरा देखना है! कमरे में क्या रखा है! अंगूठी रखी है? बढ़िया की बातों का बुरा न मानना...हाँ, दिल हीरा है, हीरा।"

ऊपर कमरे में अम्माँ और मिट्ठू चारपाई पर चादर बिछा रही थीं। तभी गेरू और धनीराम आए। अम्माँ ने कहा :

"ले रे बाबा, तेरा कमरा। एक चारपाई थी मेरे पास, तुझे डाल दी। नहाने को कुआँ बाहर आँगन में है। अपना लोटा और बालटी ले आना।"

गेरू कमरे को देखने लगा। दीवारों का पलास्टर उखड़ चुका था। अम्माँ एक बन्द खिड़की को खोलने लगी और साथ-साथ बताती जा रही थी :

"खाना तू होटल में खाएगा न? पर इसके होटल में मत खाना।"

धनीराम की तरफ़ इशारा करके बोली :

"मसाले तो हमीं पीसकर देते हैं। कुछ पैसे बन जाते हैं, गुज़ारा हो जाता है। पर बड़ी बेईमानी करता है।"

धनीराम खिसिया गया।

"अम्माँ...मैंने तेरे साथ क्या बेईमानी की है?"
"मेरे साथ नहीं की, गाँव वालों के साथ तो करता ही है।"
"वो व्यापार है अम्माँ।"
"तेरी मरज़ी। पेशगी देगा न?"

गेरू ने बटुवे से पैसे निकालने लगा और पूछा :

"कितने...?"
"तीस रुपये। क्यूँ धनीराम, कह तो दिया था न, तीस रुपये?"

"हाँ।"

अम्माँ ने रुपये लेकर मिट्ठू के हाथ में दिये।

"मिट्ठू...ये ले, ठीक से गिन ले। पता नहीं, कितने दिये हैं! कहीं ये भी उस पंजाबी की तरह ठग न निकले! देता था आठ, गिनता था अट्ठाईस।"

बोलते-बोलते छोटी लड़की पर नज़र पड़ी, जो अभी तक कैरी चूस रही थी।

"क्यूँ रे चिन्की, तू क्यूँ कैरी चबा रही है? तेरा पेट आ गया है क्या? जा!"

फिर गेरू की तरफ़ देखकर बोली :

"सुन रे, इधर-उधर झाँकना मत। मेरी जवान बेटियाँ हैं। हाँ...कहे देती हूँ। याद रखना...चल...चल।"

अम्माँ दोनों बेटियों को हाँकती हुई नीचे चली गई। गेरूलाल फिर कमरे का मुआयना करने लगा। धनीराम ने पूछा :

"कहो...कैसी है?"
"अच्छी है, पर बोलती बहुत है।"
"अम्माँ की नहीं...जगह की बात कर रहा हूँ।"
"जगह में तो कोई ख़ास बात नहीं सिवाय अम्माँ के।"

छोटी लड़की चिन्की फिर से कमरे में आई और धनीराम से कहा :

"काका, दीदी ने कहा है, मसाले तैयार हैं। मिलकर जाना।"
"अच्छी बात है, मैं आता हूँ।"

गेरू ने पूछा :

"वो तीसरी है?"
"नहीं...ये तीसरी है।"

यह कहते हुए धनीराम चला गया। गेरूलाल बड़बड़ाया :

"अजीब आदमी है, दिखाता है दो और तीन की बात करता है!"

गेरूलाल ने कमरे से बाहर देखा, आँगन में मसाले सूख रहे थे। फिर कमरे में बिछी चारपाई पर लेट गया। छत पर नज़र पड़ी तो देखा, एक छिपकली बिलकुल उसके ऊपर ही रुकी हुई थी। उसे भगाने लगा। कमरे के बाहर दोनों बहनें—मिट्ठू और चिन्की—गेरू को देख रही थीं। वह छिपकली से परेशान था। फिर बड़ी कोशिश से गेरू ने छिपकली को पूँछ से पकड़कर पटका और जूते से कुचल डाला। फिर उठाकर बाहर फेंकने जा रहा था कि चिन्की बोल पड़ी :

"उधर नहीं। आँगन में क्यूँ फेंकते हो?"

गेरू ने उसे देखा। फिर छिपकली दूसरी तरफ़ फेंक दी। वापस कमरे में आकर बिजली के बटन को ऑन-ऑफ करने लगा। लेकिन छत पर लटका बल्ब जला नहीं। बल्ब तक उसका हाथ नहीं पहुँच रहा था। उसने लड़कियों से पूछा :

"एक स्टूल मिलेगा? हाथ वहाँ तक पहुँचता नहीं।"

लड़कियों ने एक-दूसरे की तरफ़ देखा और नीचे चली गईं। फिर फ़ौरन ही टीन का कनस्तर ले आईं।

"ये चलेगा?"

"हाँ, लाओ।"

उस कनस्तर को चारपाई पर रखकर गेरू उस पर खड़ा हो गया और बल्ब निकालने लगा। कनस्तर डगमगा रहा था। गेरू बोला :

"पकड़ो ज़रा।"

दोनों बहनों ने कनस्तर थाम लिया।

"बल्ब तो ठीक है?"

बल्ब फिर लगाने लगा। एक पैर में शायद खुजली हुई। उसने दूसरे पैर से खुजलाने की कोशिश की। मिट्ठू ने मदद की, अपने हाथ से उसका अंगूठा खुजला दिया। गेरू बोला :

"ज़रा स्विच ऑन करना।"

चिन्की ने स्विच ऑन किया, पर बल्ब नहीं जला। गेरू बड़बड़ाया :

"वहीं गड़बड़ है।"

फिर नीचे उतरकर स्विच-बॉक्स को खोलकर चैक करने लगा। लड़कियाँ पास ही खड़ी देख रही थीं। गेरू ने पूछा :

"छुरी...छोटी वाली छुरी होगी?"

चिन्की नीचे चली गई लेने। मिट्ठू वहीं रह गई। गेरू एक इलेक्ट्रिशियन की तरह स्विच को देख रहा था। चिन्की एक छोटी-सी छुरी लेकर आ गई।

"लाओ।"

गेरू ने सोच के पेच को छुरी से खोल दिया, फिर स्विच को ऑन-ऑफ़ किया, पर बल्ब जला नहीं। चिन्की ने पूछा :

"क्या कर रहे हो?"
"ये लाइट ही नहीं आ रही है!"
"करंट ही नहीं है तो कहाँ से आएगी?"
"करंट नहीं है, मतलब?"
"मतलब, बिजली नहीं है।"
"यहाँ...यहाँ बिजली है ही नहीं?"
"कई सालों से नहीं है।"

गेरू को अपनी बेवक़ूफ़ी पर ग़ुस्सा आया, और उन लड़कियों पर भी। इतनी देर से ख़्वाहमख़्वाह लगा हुआ था और ये लोग... लड़कियों ने चाकू हाथ से ले लिया। टीन का कनस्तर उठाया और हँसते-हँसते नीचे चली गईं। गेरू बड़बड़ाया :

"क्या मैं इतनी देर से झक..."

नीचे लड़कियों की हँसने की आवाज़ आ रही थी। ग़ुस्से में गेरू आकर बिस्तर पर लेट गया और छत पर देखा कि कहीं कोई छिपकली तो नहीं है? और आँखें बन्द करके सो गया।

[4]

रात का वक़्त। तीसरी बहन, जो सबसे बड़ी थी, हाथ में लालटेन लिये हुए गेरू के कमरे में आई। गेरू सो रहा था। निम्की ने हाथ की लालटेन पास ही में टेबल पर रखी और कमरे से बाहर चली गई।

[5]

घर के पिछवाड़े दो-तीन बकरियाँ बँधी थीं, उनको निम्की ने चारा दिया। दूसरी लालटेन, जो आँगन में टँगी थी, उसे लेकर घर में आई...जहाँ उसकी दोनों छोटी बहनें मिट्ठू और चिन्की किसी बात पर हँस रही थीं।

"सो जाओ तुम लोग...वरना अम्माँ जाग जाएगी।"

पास ही के बिस्तर पर बूढ़ी अम्माँ सो रही थी। चिन्की ने पूछा :

"दीदी, वो उठा नहीं अभी तक?"
"कौन...?"
"वो ऊपर वाला?"
"नहीं...वो तो ट्रक के पहिये बेचकर सो रहा है।"

निम्की दूसरे बिस्तर पर लेट गई जो बहनों से अलग था। चिन्की ने फिर कहा :

"जब रात को भूखा उठेगा तो रोएगा।"

मिट्ठू ने नक़ल की :

"भेयाँ...भेयाँ।"

तीनों बहनों की हँसी बज उठी। निम्की ने लालटेन की रोशनी मद्धिम कर दी।

"चुप कर मिट्ठू, नहीं तो मारूँगी।"

जैसे ही सबने आँखें बन्द कीं, वैसे ही बाहर से गेरू की आवाज़ सुनाई दी :

"अम्माँ?"

चिन्की बोली :

"लो, अम्माँ की याद आ गई!"

[6]

गेरूलाल लालटेन लिये, नीचे घर के आँगन में खड़ा था और सबको सोता देखकर खुद ही से बोला :

"इसकी माँ की तो मैं...सबको साँप सूँघ गया?"

निम्की ने, जो दरवाज़े के पास ही लेटी थी, पूछा :

"क्या है?"
"कुछ नहीं।"
"गाली क्यूँ बकते हो?"
"नहीं...मैं वैसे ही पूछ रहा था। सब सो गए?"
"जगा के पूछोगे क्या?"
"नहीं...मतलब बहुत जल्दी सो गए। मैंने तो अभी तक खाना भी..."
"आहिस्ता बोलो, अम्माँ सो रही है। जाग जाएगी।"

गेरू सरगोशी में बोला :

"मैंने तो अभी तक खाना भी नहीं खाया।"
"क्या...?"

गेरू झल्लाकर बोला :

"कुछ नहीं।"

गेरू फिर से अपने कमरे की तरफ़ गया और अपने-आपसे बोला :

"साला इतनी रात को खाना कहाँ से लाऊँगा? ये साला धनीराम..."

सीढ़ियों पर गेरू का पैर फिसला और वह गिर पड़ा। हाथ से लालटेन गिरकर फूट गई और कमरे के अन्दर से लड़कियों के हँसने की आवाज़ आई। झल्लाता हुआ गेरू फिर बड़बड़ाया :

"हँस रही हैं?...घर भी दिलाया तो इस खँडहर में...इस धनीराम की तो मैं..."

[7]

दूसरे दिन सुबह के वक़्त धनीराम अपने ढाबे पर एक ग्राहक को खाना दे रहा था। ग्राहक तारीफ़ कर रहा था। पीछे से गेरू की आवाज़ आई :

"धनीराम?"

धनीराम अपने नौकर से कह रहा था :

''बेटा, दाल तड़क...''

गेरू ने चिल्लाकर फिर आवाज़ दी :

''अबे धनीराम की औलाद, यहाँ आ!''

धनीराम पलटा।

''अबे, क्या सुबह-सुबह बाप-बेटे को एक ही नाम से बुला रहा है! बोल, क्या बात है?''

धनीराम गेरूलाल के पास पहुँचा। गेरू गुस्से में था।

''वो मकान नहीं चलेगा।''
''हुआ क्या?''
''कहा न, वो मकान नहीं चलेगा।''
''पर हुआ क्या?''
''किसी का ख़ून हो जाएगा मेरे हाथों। बड़े बेदर्दी के लोग हैं। आदमी हूँ यार, भूख-प्यास भी लग सकती है। और मेरा पहला दिन था। पेशगी तो बड़े आराम से ले ली थी। इतना भी नहीं हो सकता था, दाना-पानी पूछ ले।''
''मैं तो समझा, खाना भी वहीं खाया होगा, इसलिए नहीं आया।''
''वो खिलाएगी किसी को?...तू जानता नहीं उन्हें, लाला...अपना क्या है, औरत ज़ात के साथ जमती नहीं है। कोई मर्द साला हो तो बात भी करें। लेकिन औरत के सामने क्या है, हम कमज़ोर हो जाते हैं...हमसे नहीं चलेगा।''

यह कहकर वहीं चारपाई पर गेरू बैठ गया।

''एक महीना तो रह लो। तीस रुपये दिये हैं न।''

''भाड़ में गए तीस रुपये। मरना है क्या? चालीस रुपये...तू तो था न? तेरे सामने चालीस रुपये दिये थे। बीस-बीस के दो नोट थे।''

''हाँ, दिये थे।''

''दस अभी तक वापस नहीं किए।''

''अब कुछ दिन तो ठहर न! एक भैन है, दूध वाली है यहाँ। उससे बात करके देखता हूँ।''

''अबे किसी मर्द के पास मकान नहीं है इस शहर में? फिर औरत ढूँढ़ निकाली तूने!''

''मकान कोई पराँठा तो है नहीं, तूने कहा और मैंने तल दिया! ज़रा सब्र कर। ज़रा सोचने दे।''

फिर नौकर से कहा :

''कढ़ी गर्म कर...तुझे क्या दूँ गेरूलाल?''

''पराँठे डाल दे। कल रात को भी कुछ नहीं खाया। वो तीसरी वाली है न...''

''चिन्की?...''

''नहीं...असल में जो पहली है।''

''अच्छा...अच्छा, जिसे सबसे पहले देखा था?''

''हाँ...नहीं...कुछ नहीं, कुछ नहीं, तू पराँठे डाल... चल, तेरी तो मैं...''

[8]

निम्की अपनी छोटी बहन चिन्की की कंघी कर रही थी। उसने ट्रकवाले के बारे में बताया :

''गाली बहुत बकते हैं ये ट्रकवाले।''

"अच्छा हुआ दीदी, तुमने डाँट दिया। वो जहाँ ऊपर काम चल रहा है न, पुल का, इस ट्रकवालों की कोई बात सुने तो कान में घाव हो जाएँ।"
"तू ऊपर क्या करने गई थी?"
"कहाँ?"
"ऊपर...जहाँ पुल का काम चल रहा है?"
"मैं...मैं कहाँ गई थी वहाँ?"
"तो उनकी बातें कहाँ से सुन लीं?"
"वो कहते हैं न, दीदी, सभी कहते हैं..."
"तेरे पैर में बहुत चक्कर है?"

सामने दरवाज़े से मिट्ठू एक हाथ में नई बालटी और नया मटका लेकर दाख़िल हुई। निम्की ने बात जारी रखी :

"टिक के बैठती नहीं है तू, किसी दिन कोई ट्रक वाला उठाकर ले जाएगा और बोटी-बोटी करके बेच देगा तुझे।"

मिट्ठू उनके पास आ गई। निम्की ने पूछा :

"ले आई मिट्ठू?"
"हूँ..."

फिर कंघी चिन्की को देते हुए कहा :

"ले तू...कर अपने-आप।"

यह कहते हुए चोटी और रिबन चिन्की के हाथ में दे दिया और लालटेन देखने लगी, जो मिट्ठू बाज़ार से लेकर आई थी।

"बड़ी नहीं मिली न?"

चिन्की ने कहा :

"अपनी वाली तो सस्ती थी न।"
"महँगी हो गई तो क्या करूँ? मुफ़्त में तो दी थी माँ ने। न तोड़ता, न भरता।"

बालटी देखकर बोली :

"अच्छी है। इस मटके में पानी भरके ऊपर रख दे। मेरी अच्छी मिट्ठू, एक काग़ज़ पर पूरा हिसाब लिख के ऊपर रख देना।"

चिन्की ने देखा, मिट्ठू के मुँह में कुछ है, झट से बोली :

"मिट्ठू...क्या है तेरे मुँह में? क्या खा रही है?"

मिट्ठू पान खा रही थी। चिन्की ने उसका मुँह दबाकर देखा :

"दीदी, देखो, पान खा रही है।"
"अम्माँ ने देख लिया तो तेरी पिटाई हो जाएगी, पता है न?"

मिट्ठू के मुँह में पान था। उसने इशारे से बताया, अम्मा के सामने जाने से पहले वह साफ़ कर, अच्छी तरह मुँह धो लेगी। सभी को हँसी आ गई। मिट्ठू और चिन्की घर के अन्दर चली गईं और निम्की आँगन में आ गई।

[9]

शाम के वक़्त गेरूलाल अपना ट्रक लिये अपने किराये के मकान पर आया। तीनों बहनें आँगन में आकर ट्रक को देखने लगीं।

गेरू ट्रक से निकला। उसके एक हाथ में मटका और दूसरे हाथ में एक लालटेन और बालटी थी। आँगन से होता हुआ, सीढ़ियाँ चढ़ते हुए अपने कमरे में गया। कमरे में पहुँचकर आदतन स्विच ऑन किया। फिर बल्ब की तरफ़ देखा, जो जल नहीं रहा था। ऑफ़ करने के लिए स्विच की तरफ़ बढ़ा। कुछ सोचकर ख़ुद से कहा :

''रहने दे गेरू...''

गेरूलाल लालटेन रखने टेबल की तरफ़ गया, तो वहाँ नई लालटेन रखी थी, जो जल रही थी। बालटी रखने गया तो वहाँ नई बालटी भी रखी थी। फिर मटका रखने के लिए पलटा तो नया मटका रखा था। एक प्लेट में चिट और कुछ पैसे रखे थे। गेरू उसे पढ़ने लगा :

'लालटेन के चार बने, बालटी के साढ़े चार, मटके के एक चालीस–कुल मिलाकर नौ बने। बाक़ी बचे हैं दस पैसे।''

गेरू बड़बड़ाया :

''ये लो, कर लो खेल! दस रुपये में से दस पैसे बचे हैं।''

आगे लिखा था :

'आज तो लालटेन भर दिया है, आगे से मिट्टी का तेल पीने के लिए ख़ुद ले आना...'

''तेरी तो मैं...''

गेरू ने झुँझलाकर चिट्ठी फाड़कर फेंक दी।

[10]

दूसरे दिन सुबह-सुबह गेरू दाढ़ी बनाकर, अपना ब्रश साफ़ करके आया तो पास टेबल पर एक कप चाय रखी थी। कुछ रुपये और एक चिट्ठी रखी थी। गेरू कुछ समझा नहीं, कि कब किसने रख दिया। चिट्ठी उठाकर पढ़ने लगा :

'धनीराम ने कहा है, मकान तुम्हें अच्छा नहीं लगा, तुम जाना चाहते हो। अपना किराया वापस ले लो।'

पास ही रुपये रखे थे। कुछ सोचकर गेरू आगे बढ़ा तो कप गिरकर टूट गया। तभी दोनों छोटी बहनें आईं, और दरवाज़े से लगकर खड़ी हो गईं। बड़ी बहन निम्की एक हाथ में झाड़ू लेकर आई और जहाँ कप गिरकर टूट गया था, उस जगह को साफ़ करने के लिए। चिन्की ने कहा :

''दीदी, लाओ, मैं साफ़ कर देती हूँ।''
''जाओ तुम लोग।''

दोनों बहनें नीचे चली गईं। निम्की साफ़ करने लगी। गेरू ने कहा :

''माफ़ करना...''

निम्की ने जुमला पूरा किया :

''हाथ से गिर गई।''
''हाँ...ये धनीराम ने पता नहीं आपको क्या कह दिया! बात ये है कि मैं...परसों भूखा सो गया था,

इसलिए सुबह-सुबह पता नहीं क्या-कुछ कह दिया उसे। वो मेरा पहला दिन था न...''

टुकड़ा उठाते हुए निम्की ने कहा :

''हमारा भी पहला दिन था।''
''हाँ...हाँ...ये पैसे रख लीजिए। मैं नहीं जा रहा।''
''क्यूँ...?''
''मतलब...क्यूँ मतलब?...रख लीजिए।''

निम्की ने पैसे लिये और लेकर नीचे चली गई और गेरू पास रखी प्लेट, जो टूटने से बच गई थी, देने के लिए बढ़ा लेकिन वह जा चुकी थी।

[11]

गेरूलाल अपने काम पर जाने के लिए आँगन से गुज़र रहा था कि अम्माँ सामने आ गई। अम्माँ ने उसे पहचाना नहीं और पूछा :

''कौन है रे?...कौन है?...कहाँ से आया?''

अम्माँ भूल चुकी थी कि उसने नया किराएदार रखा है।

''मैं ऊपर से आ रहा हूँ।''
''ऊपर कहाँ से? इस घर में क्या कर रहा है तू?...चिन्की...ओ चिन्की, मेरी लाठी लाना।''
''अरे तेरा किराएदार हूँ अम्माँ! ऊपर का कमरा लिया है न परसों।''

अम्माँ ने अपना चश्मा ठीक करके गेरू को पहचाना।

''अच्छा...अच्छा...किराया दिया तूने?''
''दिया न परसों।''

यह कहकर गेरू जाने लगा, फिर अम्माँ ने पुकारा :

''सुन...तूने कुछ खाया? नाश्ता कहाँ करेगा?''
''मैं वहीं कर लूँगा। धनीराम के होटल में।''
''बुरादा डालकर खिलाएगा, हलदी में। बग़ैर खाए नहीं निकलते घर से। तू ख़ुद क्यूँ नहीं बना लेता? एक अंगीठी ले आ घर पे। ख़ुद काम करते हाथ टूटते हैं क्या?''

सामने चिन्की आकर खड़ी हुई थी, उसे देखकर कहा :

''चिन्की, रात की बासी रोटी बची होगी, उस पर अचार रखके दे इसे। ख़ाली पेट जा रहा था घर से। जा, बैठ जा...जा, मुँह क्या देख रहा है? जा... जा, बैठ जा।''

गेरू बरामदे की सीढ़ी पर बैठ गया। जाते-जाते अम्माँ ने कह दिया :

''मुफ़्त की नहीं मिलती, पैसा रखते जाना।''

अम्माँ चली गई। बरामदे में चिन्की खड़ी थी। गेरू ने कहा :

''ये तुम्हारी माँ है न...''
''तुम बैठो, मैं अभी आती हूँ।''

चिन्की कमरे में चली गई और गेरू ने कहा :

''बड़ी कमीनी है।''

चिन्की घर से गिलास में कुछ ले आई।

"दूध पी लो। बासी रोटी दीदी खा गई।"

तभी अन्दर से निम्की आई और गेरू से कहा :

"रोज़ नाश्ता करना हो तो, दो रोटियाँ डाल दिया करूँगी।"

गेरू दूध पी चुका था।

"ज़रूरत नहीं है। मैं बन्दोबस्त कर लूँगा। दूध के कितने पैसे हुए?"
"खाने-पीने के पैसे नहीं लेते हम लोग।"
"अभी तो तुम्हारी अम्माँ कह रही थी कि..."
"अम्माँ को जाने दो।"

चिन्की बोल पड़ी :

"वो तो हँसने के भी पैसे लेती है।"

निम्की ने डाँट दिया :

"चिन्की!"

गेरू कुछ न समझते हुए गिलास निम्की को पकड़ाया और चल दिया।

[12]

ट्रकों का बहुत बड़ा स्टैंड। वहाँ पर बहुत सारे ट्रक खड़े थे। एक सरदार जी ठेकेदार के मैनेजर से बात कर रहे थे :

"शर्मा साहब, मैंने उन्नीस के उन्नीस ट्रक ठेके पर ले रखे हैं। अब क्या करूँगा? वे बैठे रहेंगे। दिहाड़ी तो मुझे भरनी पड़ेगी, माँ के यारों की..."

"देखो करतार सिंह, यहाँ भी चार महीने का काम है। दो-चार दिन ख़ाली बैठेंगे तो क्या जाता है! और फिर यहाँ का काम ख़त्म होने के बाद धान-गाँव में सारे के सारे ट्रक लग जाएँगे।"

उस बीच गेरू ने आकर कहा :

"सरदार जी, मेरा कार्ड दो, मैं चलता हूँ।"

"ले भई।"

गेरू को उसका कार्ड दिया, और दूसरे ड्राइवरों को भी बाँटने लगा, जो वहाँ बैठे थे।

[13]

गेरू अपना ट्रक लिए जा रहा था कि उसके ट्रक के सामने एक मुर्ग़ी आ गई और टकराकर मर गई। मुर्ग़ी की मालिक एक औरत थी। वह आकर झगड़ने लगी। एक लड़का भी साथ था, उसने कहा :

"मार दिया?"

औरत पंजाबी में बड़बड़ा रही थी :

"मोया, खस्मा नूँ खान्या मार दित्ता न मेरी मुर्ग़ी नूँ। केड़े शहरूँ आया एँ?"

इस बीच एक औरत आई। उससे गेरू ने पूछा :

"मुर्ग़ी इनकी है?"

पहली औरत बोली :

"ईदे कोलूँ की पुछनाएँ, मेरे कोलूँ पुछ। मेरी कमाऊ कुकड़ी मरी ए।"

दूसरी औरत ने गेरू को बताया :

"ये मुर्ग़ी इन्हीं की है।'
"अच्छा...अच्छा...अब चाची, मैं क्या करूँ? वो खुद ही आ गई मेरे ट्रक के सामने, मैंने थोड़े ही ट्रक चढ़ाया है।"
"तूने नहीं ट्रक चढ़ाया, ते मैं चढ़ाया ए?"
"मुर्ग़ी आपकी है तो घर पे सँभाल के रखिए, बाहर चरने को क्यूँ भेज देती हैं?"
"ऐ गाए, भैंस है जेडी बनके रखाँ?"
"लीजिए...चाची...पाँच रुपये लीजिए, दूसरी मुर्ग़ी ख़रीद लीजिएगा।"
"ऐ लो...पंज रूपये देन्दा ए...पंजी रूपये दी मुर्ग़ी है, पंज रूपये देन्दा ए!"

दूसरी औरत ने गेरू को बताया :

"चाची कहती हैं, पच्चीस रुपये की मुर्ग़ी है, पाँच रुपये नहीं चलेगा।"
"पच्चीस रुपये?...अरे चाची, क्या बात कर रही हैं! पच्चीस रुपये में तो बकरी आती है!"
"बकरी अंडे देन्दी ए?"

गेरू बोला :

"बकरी अंडे नहीं देती है तो मुर्ग़ी दूध थोड़े ही देती है!"

निम्की और चिन्की वहाँ पहुँच गईं। निम्की ने गेरू से पूछा :

''क्या हुआ?...''
''अब देखो न इसे। सड़क तो ट्रकों के लिए बनाई गई है, मुर्ग़ियों के टहलने के लिए तो नहीं। आ गई ट्रक के नीचे। अब मैं शराफ़त से पाँच रुपये दे रहा हूँ, पच्चीस माँग रही है।''

निम्की बोली :

''पच्चीस रुपये?...ये क्या है चाची...मुर्ग़ी कोई पच्चीस रुपये में मिलती है? दो-चार रुपये में मिल जाएगी, ये तो पाँच रुपये दे रहे हैं।''
''ज़ेडी अंडे देन्दी सी।''

चिन्की बीच में टपकी :

''तो क्या सोने के अंडे देती थी? अरे पाँच रुपये लेने हों तो ले, वरना जा, अपना काम कर।''

बुढ़िया चिन्की से चिढ़ गई :

''चिन्की, तू चुप कर, तेरा घरवाला लगदा ए?''
''लगता है...घरवाला लगता है।''

चिन्की ने गेरू के हाथ से पाँच रुपये लिये और बूढ़ी को देते हुए कहा :

''पाँच रुपये लेने हों तो ले, वरना जा।''
''निम्की समझ ले इन्हें।''

निम्की ने गेरू की हिमायत की।

''ठीक कह रहे हैं। चाची, परदेसी हैं, तुझे तो कुछ भी नहीं लेना चाहिए।''
''बड़ी नसीहता देने वाली आई है...ला पाँच रुपये।''

चिन्की दौड़कर ट्रक के नीचे से मरी मुर्ग़ी उठाने लगी, तभी वह बूढ़ी औरत आ गई।

"ऐ कित्थे चली ईं?"
"अरे पाँच रुपये काहे के लिए थे? पैसे भी लेगी और मुर्ग़ी भी?"

गेरू ने समझाया :

"अरे चिन्की, दे देना! क्या करना है इस मरी मुर्ग़ी का?"
"ये क्या करेगी?"

निम्की ने तंबीह की :

"दे दे न चिन्की, क्यूँ झगड़ा बढ़ा रही है?"

बुढ़िया बोली :

"ला दे, मेरी मुर्ग़ी।"
"नहीं देती।"
"चिन्की, दे दे न! मरी मुर्ग़ी कोई खाता है?"
"तो क्या...ज़िन्दा खाते हैं? मैं तो नहीं देती। मैं तो घर जा रही हूँ।"

चिन्की मुर्ग़ी लेकर भाग गई। बूढ़ी बड़बड़ाने लगी :

"मैं कह देती हूँ...जेड़ा खाएगा, वो बाँगें देगा।"

सभी हँस पड़े। वह औरत वहाँ से चली गई। गेरू ने निम्की से कहा :

"बचा लिया आपने आके...वरना फँस गया था मैं। आइए न...आपको घर तक छोड़ देता हूँ।"
"मैं चली जाऊँगी।"

निम्की कच्चे रास्तों से घर की तरफ़ मुड़ी। गेरू अपने ट्रक पर चढ़ गया।

[14]

रात का वक़्त था। निम्की घर के आँगन में नहा रही थी। उसी वक़्त गेरू का ट्रक दूर से घर की तरफ़ आता हुआ दिखाई दिया। जब घर के क़रीब पहुँचा तो, निम्की ने पास खड़ी चिन्की से पूछा :

"चिन्की...देख, कहीं वो ट्रक वाला तो नहीं आ रहा है?"
"हाँ...वही है। अब क्या करें?"
"करना क्या है! ...वो सामने का दरवाज़ा बन्द कर दे।"

चिन्की ने दौड़कर सामने का दरवाज़ा बन्द कर दिया, और दौड़कर पिछले दरवाज़े के पास एक दुपट्टा खोलकर खड़ी हो गई। पर्दे जैसा गेरू के सामने कर दिया, जिससे वह आँगन में उस तरफ़ न देख सके। गेरू ने यह देखकर पूछा :

"अरे, ये क्या है?...इस दुपट्टा को सुखा रही है?"
"दीदी नहा रही है, उधर मत देखना, चलो...चलो न!"

गेरू चल रहा था, चिन्की उसके सामने दुपट्टा खोलकर चल रही थी :

“तुम ऊपर चलो, मैं खाना लाती हूँ।”
“खाना तो मैं खा चुका।”
“बाहर खाना था तो वह मुर्ग़ी क्यूँ मारी?”
“तुमने वो मुर्ग़ी खाई?”
“हाँ, हम सबने खाई।”
“जो उस मुर्ग़ी को खाएगा, सुबह उठके बाँग देगा। मुझे नहीं देनी बाँग।”

दोनों हँस पड़े। गेरू ने फिर कहा :

“आज काम पर जाते बहुत देर हो गई थी। एक काम करना तुम, सुबह ज़रा जल्दी बाँग देना...”

इस बार निम्की की हँसी सुनाई दी। लेकिन चिन्की को बाद में समझ में आया।

[15]

पुल का जहाँ काम चल रहा था, गेरूलाल अपने ट्रक पर जा रहा था। ठेकेदार ने कहा, जो पास खड़ा था :

“अरे गेरू...ये कार्ड मुझे दे। मैं भैन दे भेरा से बात करता हूँ।”

पास बैठा धनीराम खाने के डिब्बे लिये हुए था। गेरू ने पूछा :

“लाला...ये डिब्बे किसके हैं?”
“खाने के।”
“किसके हैं?”

"अच्छा...अच्छा...मुक़ादम और करतार सिंह के। रात को उनके यहाँ खाना जाता है न।"
"अबे, तू लोगों के घर पे भी खाना पहुँचाता है?"
"दस रुपये लेता हूँ पहुँचाने के और डिब्बे के।"
"तो बस, ठीक है, आज से मेरे घर पे भी पहुँचा दिया कर। मैं भी घर पे ही खा लिया करूँगा।"

करतार सिंह जो पास आया था, उसने पूछा :

"रात को पैग-वैग नहीं लेता क्या?"
"नहीं सरदार जी, अभी उसकी आदत नहीं पड़ी।"
"फिर होटल में खाया कर, गर्मागर्म तो मिलेगा।"
"नहीं सरदार जी, बग़ैर नहाए खाने का मज़ा नहीं आता। इसीलिए तो घर ढूँढ़ा है, वरना इसके यहाँ, चारपाई पे पड़ा नहीं रहता? अच्छा, मैं चलता हूँ। पहुँचा देना।"

करतार ने अपने साथी से कहा :

"चल आ जा..."

गेरू अपने ट्रक के पास जा रहा था कि उसने देखा, अम्माँ सिर पर झिल्ली (टोकरी) रखे जा रही थी।

"अरे...अम्माँ...आओ, ट्रक से छोड़ देता हूँ। मैं तुझे कच्ची पुलिया के पास छोड़ दूँगा।"
"अरे नहीं रे...टोकरी आधी भी नहीं हुई। आजकल गाएँ भी कंजूस हो गई हैं।"

यह कहकर अम्माँ अपने रास्ते चल दी। गेरू अपने ट्रक के पास जा ही रहा था कि कुछ बदमाश क़िस्म के लोग दिखाई दिये। गेरू से बोले :

"गेरू, बड़ी कमाल की छोकरियाँ हैं इस बूढ़िया की।"

गेरू यह सुनकर गुस्से में बोला :

"अबे...बे...ज़बान सँभाल के!"

हँसते हुए आपस में जुमलेबाज़ी होने लगी :

"ओहो, बड़ी जल्दी रिश्तेदारी जोड़ ली गेरू! एक तुम, एक तुम्हारा धनीराम है न!"
"वो छोरी देखी है न, जो मसाले लेकर आती है?"
"वो तो ख़ुद गर्म मसाला है।"
"हरामज़ादे, तेरी बेटी के बराबर है।"

गेरू ने ग़ुस्से से बोलते हुए उसे एक-दो जमा दीं। दूसरे ने कहा :

"छोड़ न...तेरी बेटी के बराबर तो नहीं है।"

गेरू ग़ुस्से से पलटा तो दोनों आदमी भाग गए।

[16]

रात का वक़्त था। गेरू के कमरे में खाने से भरा डिब्बा रखा था। चिन्की और मिट्ठू ने चुपचाप अन्दर आकर डिब्बा खोला और सब्ज़ी चखी। चिन्की ने आगाह भी कर दिया :

"दीदी देखेगी तो मारेगी।"

तभी खिड़की से गेरू का ट्रक दाख़िल होता नज़र आया। लड़कियाँ कमरे से भाग गईं। गेरू ट्रक खड़ा करके कमरे में आया और

उसने डिब्बा खोला और सब्ज़ी को चखा। अच्छी टेस्टी सब्ज़ी थी, चेहरा ने ऐसा इम्प्रेशन दिया। फिर डिब्बा बन्द करके कपड़े बदलने चला गया।

[17]

नीचे अम्माँ बकरियों को बाँध रही थी—अलग-अलग। चिन्की माँ के पास आई।

''लाओ, मैं बाँध देती हूँ।''
''बाँधना नहीं है रे। खोल के अलग बाँधना है। मुई मारती रहती है छोटी को—सौतेली की तरह, बेग़ैरत।''
''वो क्या होता है?''
''हूँ...?''
''तुम कभी-कभी अजीब शब्द बोलती हो।''

अबके अम्माँ ने पूछा :

''शब्द क्या?...लफ़ज़?...''
''वो क्या होता है?''
''मर...मुई ज़बान ही ख़राब हो गई हमारे ज़माने की। एक हमारा वक़्त था, ज़बान से तहज़ीब का पता चलता था। न अब ज़बान ही रही, न तहज़ीब। पता नहीं क्या से क्या हो गया!''

अम्माँ आकर किचन में बैठ गई जहाँ निम्की खाना बना रही थी।

''अरी खाना देगी भी!''

निम्की को देखकर बोली :

"बेचारी सारा दिन लगी रहती है। तेरे हाथ पीले हो जाते! मेरी फ़िक्र दूर हो जाती।"

यह कहकर अम्माँ सिसकने लगी।

"अम्माँ...तू फिर शुरू हो गई? इतनी चिन्ता क्यूँ करती है?"

[18]

गेरूलाल नहा-धोकर, कपड़े बदलकर कमरे में आया और खाने का डिब्बा उठाकर चारपाई पर बैठ गया। टिफ़िन का एक-एक डिब्बा खोलकर देखा तो सब ख़ाली थे।

"उसकी तो मैं...ये भी खा गए?"

उसी वक़्त निम्की एक थाली में खाना लेकर कमरे में आई।

"गर्म करने ले गई थी।"

गेरू ने हाथ बढ़ाया :

"लाइए...लाइए!"

निम्की के हाथ से थाली लेकर चारपाई पर रख ली और बाएँ हाथ में टिफ़िन सँभाल लिया। लुढ़क रहा था।

"मैं समझा था..."
"खाना बिलकुल ठंडा हो गया था। इसलिए सोचा, गर्म कर दूँ।"

निम्की दरवाज़े के पास टेक लगाए खड़ी हो गई।

"बड़ी मेहरबानी आपकी।"
"गाली बहुत बकते हो तुम?"
"वो मैं एवेंही..."

मिट्ठू एक गिलास में पानी लेकर आई। गेरू के पास रखा। गेरू निम्की के पास आकर खड़ी हो गई। निम्की ने मिट्ठू से कहा :

"जा तू..."

फिर गेरू से पूछा :

"और कुछ चाहिए तो माँग लेना।"
"नहीं, नहीं...बस, बड़ी मेहरबानी। अम्माँ कैसी हैं?"
"अच्छी है। नीचे है।"
"ऊपर मुझे मिली थी। पुल के पास।"
"ऊपर, सुना है, तुम्हारा किसी से झगड़ा हो गया था! किससे?"
"किसने कहा?"
"हुआ था?"
"वो...एक बदतमीज़ से झड़प हो गई।"
"चिन्की के लिए?"
"चिन्की को वहाँ मत भेजा करो। कोई काम हो तो मुझसे कह दिया करो...मैं कर दिया करूँगा। मसाले-वसाले लाने हों तो...तुम खुद ही चली..."

कहते कहते रुक गया।

"पहले तो खुद ही जाया करती थी, लेकिन...लोग तो बोलते ही हैं।"

"हूँ...तुम्हारा जाना भी ठीक नहीं। मिट्ठू भी तो...मैं हूँ न! मैं जब तक हूँ, मैं कर दूँगा वो सब।"

चिन्की आ गई और निम्की से कहा :

"और कुछ लाऊँ दीदी?"
"नहीं...तू पूछ ले। मैं नहाने जा रही हूँ।"

निम्की चली गई। कुछ सोचकर चिन्की बोली :

"वो पानी पी लेना।"
"क्यूँ?..."
"फिर और ला दूँगी।"
"और कुछ नहीं है लाने के लिए?"
"नहीं...वो डिब्बा क्यूँ पकड़ के बैठे हो?"

गेरू ने टिफ़िन छोड़ दिया, फ़ौरन लुढ़क गया। गेरू बोला :

"इसीलिए।"
"मैं उठाऊँ...धोके रख दूँगी। हाथ धोने नीचे मत जाना, दीदी नहा रही है।"
"हाथ कहाँ धोऊँगा?"
"उधर पीछे के बरामदे में।"

चिन्की जाते-जाते गेरू के कमरे का दरवाज़ा बन्द कर गई बाहर से। गेरू देखता ही रहा।

[19]

गेरूलाल अपने काम पर जा रहा था। आँगन में निम्की और मिट्ठू ओखली में मसाले कूट रही थीं। गेरू ने उनसे पूछा :

"कुछ काम है?...कुछ लाना है? ले जाना है?"

निम्की ने कहा :

"कुछ नहीं।"
"वो तीसरी कहाँ है चिन्की?"
"तेल लेने गई।"
"मतलब?"
"बाज़ार गई है। तेल लेने।"
"उसे फिर भेज दिया?"
"तुम इतने दिन थे नहीं। और बहुत दिन रहोगे भी नहीं। घर पे रहके कैसे गुज़र होगी? तुम फ़िक्र मत करो। अपना आप हमें ख़ुद ही देखना पड़ेगा।"
"ठीक है।"

यह कहकर गेरू चला गया।

[20]

कच्चे रास्ते से होते हुए चिन्की पक्की सड़क आ गई। एक हाथ में तेल की शीशी थी और दूसरे हाथ से इमली खा रही थी। उसकी उम्र के लड़के सड़क पर कंचे खेल रहे थे। वह देखने के लिए खड़ी हो गई। लड़के चिन्की को छेड़ने लगे :

"ऐ चिन्की, सुन, तेरे यहाँ किराएदार आया है?"
"हाँ..."
"वो रात को सोता कहाँ है?"
"अपने कमरे में...क्यूँ?"
"और कौन सोता है?"

''मतलब?''
''मतलब...उसने अभी कोई फ़ैसला किया कि नहीं?''
''क्या फ़ैसला?''
''ओहो...तीन के साथ तो वो नहीं सो सकता। किसी एक पे काँटा फँसा है कि नहीं?''

दूसरे ने कहा :

''बारी तो बड़ी की है।''

चिन्की ने दाँत पीसे :

''हरामी!''

और हाथ की शीशी फेंककर मारी उस पर। शीशी टूट गई। एक लड़का आया और चिन्की की बाँह मरोड़ने लगा। तभी दूसरे लड़के ने दूर से आता हुआ ट्रक देखा, गेरू का।

''भाग कृष्णा, किराएदार आ रहा है!''

लड़के भाग गए। ट्रक चिन्की के पास आकर रुका। उसमें से गेरू ने निकलकर पूछा :

''क्या हो रहा है चिन्की?''
''वो साला...दीदी को गन्दा बोल रहा था।''
''छी...गाली नहीं देते! तुम घर जाओ।''

गेरू ने टूटी हुई तेल की शीशी देखकर बुलाया :

''चिन्की, सुनो, तेल कहाँ है? वो बोतल तुम्हारी है न?''
''हाँ...''
''घर जाकर क्या कहोगी?...''

वह चुप रही।

''आओ मेरे साथ।''

[21]

गेरू चिन्की को लेकर एक दुकान पर पहुँचा। दुकान्दार ने पूछा :

''क्या चाहिए?''
''वो तेल का डिब्बा दो। कितने पैसे?''

दुकान्दार ने एक बड़ा डिब्बा लाकर दिया :

''चालीस रुपये।''

चिन्की ने हैरत से पूछा :

''इतना बड़ा डिब्बा?''
''अब तुम उठाओ इसे और घर जाओ। देख क्या रही हो? उठाओ डिब्बा...ये लीजिए, चालीस रुपये हैं।''

चिन्की घर की तरफ़ गई। गेरू चला गया तो दुकान्दार की दीवारी पर कुछ लोग बैठे थे। आपस में बात करने लगे :

''ये कौन है भाई?''
''नया कोई किराएदार है। ज्युती अम्माँ का।''
''लेकिन एक पहले भी तो था?''
''वो चला गया।''
''चला गया? अकेले ही?...किसी को लेकर नहीं गया? किसी को भी भगाकर ले जाता तो ज्युती अम्माँ पर बड़ा उपकार होता।''

"अजी, एक-एक करके तीनों जाएँगी किसनलाल के पास।"

दुकान्दार ने भी हिस्सा लिया :

"माँ के होते हुए, उसका दम नहीं, किसी को ले जाए। चील की तरह बैठी है अंडों पे। नोच खाए कोई हाथ लगाए तो।"

"अजी, जहाँ की मिट्टी हो, वहीं जाएगी। माँ-बाप के छींटे न पड़े होते तो तीनों ब्याही गई होतीं।"

"माँ-बाप के खोट भुगत रही हैं बेचारियाँ! किसनलाल पहले साल-छह महीने में दिखाई पड़ जाया करता था, मगर अब तो दो-तीन वर्ष से दिखाई ही नहीं पड़ा?"

"अजी, मर-खप गया होगा कहीं! दिन-रात शराब, मारा-मारी! यही तो काम था।"

"बारह इंच का रामपूरी चाक़ू लेकर घूमता था। किसी दिन उससे तगड़ा मिल गया तो समझ लो, हो गई छुट्टी!"

[22]

ऊपर कमरे में गेरू खाना खा रहा था। पास निम्की खड़ी गेरू से बात कर रही थी :

"औरों के लिए नहीं, तुम्हारे लिए कहती हूँ, बदनामी तो उसी की होगी। तुम भी कोई थोड़े ही..."

"ये बदनामी नहीं निम्की...नाम लेकर कह दिया मैंने..."

मिट्ठू और चिन्की भी आ गईं और निम्की के पास आकर खड़ी हो गईं।

"हाँ...मैं कह रहा था, ये तो अच्छा ही है, लोगों को पता चल जाए, इस घर में कोई पुरुष भी रहता है...जो घर की देख-रेख कर सकता है।"

चिन्की ने बड़ी बहन से कहा :

"दीदी, एक दिन हो आओ शिव-मन्दिर। इतने दिन से तो कह रही हो, पता नहीं, कब धनीराम लेकर जाएगा!"
"कहाँ जाना है?"

निम्की ने बात टालना चाही :

"कहीं नहीं।"
"बोलो न...मैं चलता हूँ।"
"कहीं नहीं...ये ख़्वाहमख़्वाह ज़िद करती है।"
"ये तुमसे ज़िद नहीं करेगी तो किससे करेगी? इसके लिए तो तुम बहन भी हो, भाई भी, और बाप भी। बापू होते इसके तो तुमसे ज़िद क्यूँ करती? अच्छा, ये चिन्की कितनी बड़ी थी, जब बापू छोड़ गए थे?"

यह सुनकर निम्की बिलकुल उदास हो गई और कमरा छोड़कर नीचे चली गई। उसके साथ-साथ मिट्ठू और चिन्की भी चली गईं। गेरू देखता रह गया—ऐसा क्या कह दिया उसने?

[23]

नीचे कमरे में आकर निम्की बिस्तर पर गिर पड़ी। रोने लगी। मिट्ठू उसकी बग़ल में आकर बैठ गई और निम्की के सिर को सहलाने लगी। चिन्की भी उदास बैठी रही।

[24]

रात के दो बजे थे। घर के सभी लोग सो चुके थे। एक अधेड़ क़िस्म का आदमी, शराब के नशे में अम्माँ के घर के अन्दर घुसना चाह रहा था। लड़खड़ाकर आँगन के दरवाज़े पर गिरने लगा और खाँस भी रहा था।

गेरू जो अपने कमरे में सो रहा था, किसी मर्द की खाँसी सुनकर लालटेन लेकर कमरे से बाहर निकला, इधर-उधर देखा, फिर आँगन में उतर आया।

"कौन है?...उसकी माँ..."

कहते-कहते बाहर की तरफ़ आया तो आँगन के दरवाज़े पर एक आदमी को देखा जो गिर पड़ा था। गेरू ने पूछा :

"क्यूँ बे? ज़्यादा पी रखी है क्या?
"वो जुगनी है...रहती है यहाँ?"
"जुगनी...कौन जुगनी?"
"रहती है यहाँ जुगनी?"

"यहाँ कोई जुगनी-वुगनी नहीं रहती है।"
"तू कौन है?"
"मैं रहता हूँ यहाँ, मालिक हूँ।"
"तीन लड़कियाँ..."

इतना सुनते ही गेरू ने उसको गिरेबान से पकड़कर बाहर ढकेल दिया।

"लड़कियाँ देखेगा इस उम्र में?...ठरक मिटाना है?... निकल...दुबारा यहाँ आया तो टाँगें तोड़ दूँगा तेरी...चल भाग!"

बूढ़ा आदमी चला गया। उसका चाक़ू वहाँ गिर पड़ा था। जैसे ही गेरू अन्दर घर की तरफ़ मुड़ा, वैसे ही उसे निम्की मिल गई। उसने पूछा :

"तुम यहाँ क्या कर रहे हो?"
"पता नहीं, कौन इतनी रात को घर में घुस रहा था! ये देखो, इतना बड़ा चाक़ू उसके हाथ में था।"

गेरू ने चाक़ू खोलकर दिखाया निम्की को।

"तुमने क्या मार दिया?"
"मारना क्या, भगा दिया उसको।"

इतने में अन्दर से अम्माँ चश्मा ठीक करते हुए आई और निम्की से पूछा :

"निम्की, तू क्या कर रही है यहाँ? ये कौन है?"
"ये है गेरूलाल, ऊपर रहता है न!"

अम्माँ ने फिर गेरू से पूछा :

"तू, इतनी रात गए, नीचे क्या कर रहा था?"

गेरू ने बताया :

"एक चोर था, उसके हाथ में..."

अम्माँ डर गई और निम्की से कहा :

"तू अन्दर जा...जा!"

निम्की अन्दर चली गई तो अम्माँ ध्यान से गेरू को देखने लगी। उसके क़रीब आई और कहा :

"क्यूँ रे...कैसी लगती है निम्की?"
"ठीक है, उसमें लगना क्या है?"
"कहाँ ले जाऊँ इन तीनों बेटियों को लेकर? हर वक़्त इन भेंड़ियों का डर लगा रहता है। किसी एक के हाथ पीले होते, किसी की शादी होती..."

यह कहकर अम्माँ रोने लगी और घर के अन्दर चली गई। गेरू अपने कमरे की तरफ़।

[25]

सुबह का वक़्त था। तीनों बहनें ओखली में मसाला कूट रही थीं और साथ-साथ कोई लोकगीत गा रही थीं :

'आँकी चली
बाँकी चली
चौरंगी में झाँकी चली
पाँता भाते टाटका बटेंगन पूरा

एक गली से झुम्मन निकले
एक गली से झुनिया
बीच सड़क में हो गई शादी
भाड़ में जाए दुनिया

झूम झूम के, झूम के नाची
नाची झुनिया बाई
सौ-सौ फेरे लेवे झुम्मन
ख़ूब बजी शहनाई

झुम्मन के घर बेटी जन्मी
झुनिया जैसे गाल
मूँछ मरोड़ के निकले झुम्मन
जा पहुँचे ससुराल
बात बात में फ़ारसी बोलें
पानी माँगें, 'आब'
प्यासे मर गए झुम्मन मियाँ
पर न छोड़ी ताब

आँकी चली...
जीम से जुम्मा, जीम से जलेबी
झुम्मन झुनिया 'जीम'
अलीफ़ बे की पट्टी पढ़ के
झुम्मन हुए हकीम
फूल फूल के फुलका फूले
पिचक पिचक पिचकारी
'निम्की' लावे कत्था-चूना
'मिट्ठू' पान-सुपारी...

आँकी चली
बाँकी चली

चौरंगी में झाँकी चली
पाँता भाते टाटका बटेंगन पूरा।'

[26]

सुबह का वक़्त था। गेरूलाल मुँह में पेन लिये, खिड़की पर बैठा अपनी नानी को जो चिट्ठी लिख चुका था, उसी को पढ़ रहा था :

'ये जो तीनों बहनें हैं, लगता है, एक लड़ी में पिरोयी हुई हैं। किसी एक को उठाओ तो दूसरी दोनों साथ में लटकी चली आती हैं। लगता है, तीन फुंदने हैं, किसी एक को लेकर सोचना ही मुश्किल है। आदत से तीनों खट्टी-मिट्ठी नमकीन हैं। शायद इसीलिए उनके नाम भी ऐसे ही हैं। सबसे बड़ी जो है न, वो तुम्हारी बहू बनने के क़ाबिल है। सारा घर सँभालती है। कोई फ़ालतू बात नहीं करती। बाक़ी सब कुशल है। चिट्ठी के साथ सौ रुपये भेज रहा हूँ। तुम्हारा गेरूलाल।'

[27]

दोपहर में धनीराम के ढाबे पर चारपाई पर गेरूलाल बैठा हुआ चिट्ठी के लिफ़ाफ़े पर पता लिख रहा था। धनीराम उसके लिए खाना लेकर आया और उसके क़रीब रखकर जाने लगा। गेरू ने उसे आवाज़ दी :

"ऐ सुन...ये सौ का छुट्टा है, एक सौ का नोट बँधा ले आ।"

"लोग छुट्टा माँगते हैं, तुझे बँधा चाहिए? कोई न कोई उलटा काम करता है।"

"अबे, अगर इसके अन्दर इतने नोट रखूँगा तो पता चल जाएगा। एक नोट रखने से न पता चलेगा, न वज़न बढ़ेगा।"

"अब इस लिफ़ाफ़े में क्यूँ डालेगा?"

"नानी को पैसे भेजने हैं। इस नहीने कुछ नहीं भेजा और..."

"फिर उलटा काम कर रहा है। मनीऑर्डर क्यूँ नहीं भेजता?"

"अरे तू जा न, नोट ले आ न, दूसरा ख़र्चा भी करवाता है। मनीऑर्डर भी भेजूँ और चिट्ठी भी, मनीऑर्डर के पैसे नहीं लगते।"

गेरू ने जेब में हाथ डालकर देखा।

"अरे चिट्ठी तो मैं घर पर ही भूल गया!"

"तो फिर कल भेज देना।"

धनीराम सौ का नोट वापस कर चला गया।

[28]

शाम जब गेरूलाल घर पहुँचा, तो पहले उस चिट्ठी को उठाया जो उसने लिखी थी नानी को भेजने के लिए। चिट्ठी फिर पढ़ने लगा :

'लगता है, तीन...मोती हैं। उनकी माँ भी है... मोती...'

गेरू सोचने लगा। यह तो उसने सुबह में नहीं लिखा था। किसी ने काट के ऊपर कुछ लिख दिया था। आगे भी लिखा था :

'किसी एक को लेकर सोचना मुश्किल है। जो मँझली है, जिसका नाम मिट्ठू है, वो सचमुच तुम्हारी बहू बनने...लायक है। मँझली...मिट्ठू।'

सीढ़ियों पर किसी की आहट हुई। गेरू ने चिट्ठी छुपा ली। दरवाज़े पर मिट्ठू चाय लेकर आई थी। मिट्ठू से पूछा :

''मैंने वहाँ एक चिट्ठी रखी थी। तुमने देखी?''

मिट्ठू समझ नहीं पाई।

''हूँ...?''

गेरू ने फिर कहा :

''वहाँ रखी थी।''

मिट्ठू ने नहीं में सिर हिलाया।

''तुम दिन में, इस कमरे में आई थीं? कोई चिट्ठी नहीं देखी?''

फिर नहीं में मिट्ठू ने सिर हिलाया। गेरू ने डपटकर पूछा :

''झूठ बोलती हो?''

यह सुनकर मिट्ठू डर गई और पीछे हट गई।

''अरे कुछ बोलो तो सही! ज़बान नहीं है मुँह में?''

मिट्ठू डरकर नीचे भाग गई और गेरू चाय लेकर बैठ गया। तेज़ी से निम्की कमरे में आई और पूछा :

''क्या हुआ? क्या कहा तुमने मिट्ठू को?''
''मैंने तो कुछ नहीं कहा। सिर्फ़ इतना ही पूछा कि मैं एक चिट्ठी छोड़ गया था, देखी किसी ने।''
''तुम्हारे जाने के बाद कोई नहीं आता इस कमरे में सिवाय मेरे। साफ़-सफ़ाई के लिए आती थी। कहो, तो कल से नहीं आऊँगी।''

निम्की सचमुच ग़ुस्से में थी। गेरू का लहजा धीमा पड़ गया :

''नहीं, नहीं, ऐसा मैंने नहीं कहा। सिर्फ़ पूछा चिट्ठी के बारे में।''
''कौन-सी चिट्ठी?...मैंने तो नहीं देखी!''
''तो कोई बात नहीं, ऐसी कोई ज़रूरी नहीं थी।''
''ज़रूरत हो तो अपना ताला लगा के जाया करो।''
''नहीं, निम्की, तुम ग़लत समझ रही हो।''
''तुमने ज़रूर डाँटा होगा उसे। एक तो वैसे ही बेचारी गूँगी है। मुझे बहुत दुख होता है। कोई कुछ कह दे तो।''

गेरू चौंक गया। गेरू को आज पता चला कि मिट्ठू गूँगी थी...उसे भी बहुत दुख हुआ।

''गूँगी का मतलब?...''
''वो गूँगी है, तुम जानते नहीं?''
''नहीं तो!''
''मतलब...?''

"सच कहता हूँ निम्की, मुझे नहीं मालूम।"
"तुम...तुमको पता ही नहीं चला कि वो..."
"बहुत बड़ी भूल हो गई निम्की मुझसे। मुझे सचमुच पता नहीं था। इसीलिए नाराज़ हो गई होगी। मैंने उससे कहा, बोलती क्यूँ नहीं हो, मुँह में ज़बान नहीं है? वह है कहाँ मिट्ठू?"
"नीचे कमरे में है।"
"मैं जाकर उससे बात करता हूँ।"

गेरू जाने लगा। निम्की ने रोक दिया :

"नहीं, रुको...पहले मैं समझा दूँ उसे।"

[29]

आँगन में चिन्की कुछ पका रही थी चूल्हे पर, पास में गेरू बैठा था।

"मिट्ठू कहाँ है?"
"नहीं आएगी। तुमसे नाराज़ है।"
"ज़रा बुला देना। माफ़ी माँगनी है। उसे नाराज़ी देकर अच्छा नहीं लग रहा है।"

निम्की भी वहीं थी। उसने बताया :

"अपने-आप मान जाएगी। जितनी शान्त है, उतनी ही ज़िद्दी। अब और कुछ कहोगे तो और गड़बड़ हो जाएगी।"

चिन्की बोली :

"एक कविता लिखेगी और ठंडी हो जाएगी।"
"कविता लिखती है वो?"

"हूँ।"
"अच्छा, सुनाओ, क्या लिखती है।"
"मैं उसकी कॉपी लाकर दूँ? तुम ख़ुद ही पढ़..."

निम्की ने बीच में ही टोक दिया :

"चिन्की, उसकी कॉपी को हाथ मत लगाना। उसे मालूम हो जाएगा तो चीड़-फाड़ के रख देगी। उसका ग़ुस्सा नहीं मालूम?"

गेरू ने हैरत से पूछा :

"ग़ुस्सा भी करती है? लगता तो नहीं।"
"अजीब है हमारी मिट्ठी। ग़ुस्सैली भी बहुत है और शान्त भी बहुत है। दुखी भी बहुत है और हँसती भी बहुत है। बस, पागल ही नहीं है। बाक़ी सब कुछ है।"

गेरू ने पूछा :

"मिट्ठू बचपन से...मेरा मतलब है—पैदाइश से ही बेज़ुबान है?"

निम्की ने जवाब दिया :

"बचपन में कोई उठाकर ले गया था उसे।"
"मिट्ठू को?"
"हाँ...जब वापस आई, ऐसी डरी, ऐसी सहमी कि लगता था, बहुत पीटा गया है उसे। ऐसा डर आज तक किसी के चेहरे पे नहीं देखा। न बोलती थी, न रोती थी, न नींद आती थी उसे। बड़े दिन लगे ठीक होने में, लेकिन ठीक से ज़बान वापस नहीं आई। हकीम ने बताया..."

निम्की बता रही थी कि अन्दर कमरे से

मिट्ठू ने ख़ाली गिलास ग़ुस्से में आँगन में फेंका। निम्की चौंक गई।

"मिट्ठू...मिट्ठू..."

निम्की उठकर कमरे में गई, जहाँ दीवार से लग कर मिट्ठू रो रही थी। निम्की ने माफ़ी माँगी :

"अब कुछ नहीं बताऊँगी उसको। भूल हो गई।"

मिट्ठू ने इशारे में कहा :

"मैं गूँगी हूँ, उसे क्यूँ बताया?"
"भूल हो गई। अब चुप कर। अब कुछ नहीं बताऊँगी।"

मिट्ठू दूसरे कमरे में चली गई। निम्की उसे देखती रही।

[30]

सुबह का वक़्त था। निम्की और चिन्की लिफ़ाफ़ों में कूटा हुआ मसाला रख रही थीं। तभी गेरू आया और उसने मिट्ठू के बारे में पूछा :

"मिट्ठू कहाँ है?"
"अभी-अभी तुम्हारे पैरों की आवाज़ सुनकर अन्दर भाग गई।"
"अच्छा, नाराज़ है अभी तक?...कुछ काम है?"

चिन्की बोली :

"हाँ...मैं भी चलूँगी लाला के होटल तक।"
"क्या काम है?"
"ये मसाले देने हैं और दूसरे लाने हैं कूटने के लिए।"
"चलो।"

चिन्की मसालों से भरा डिब्बा लेकर चली गेरू के पीछे तो निम्की ने कहा :

"कनस्तर ठीक से बन्द कर लेना।"

[31]

चिन्की गेरू के ट्रक से धनीराम के ढाबे पर पहुँची। ट्रक से उतरकर मसाले का डिब्बा उतारने लगी। तभी गेरू ने कहा :

"ला, मैं उतारता हूँ।"
"नहीं, मैं उतार लूँगी।"
"रहने दे न।"

फिर कनस्तर माँगा उसने :

"मैं ले चलूँगी।"
"रहने दे। चल, मैं तुझे छोड़कर आता हूँ, आ।"

दोनों नदी के पुल पर चले जा रहे थे। नदी के दूसरी तरफ़ ढाबा था। चिन्की ने मौक़ा देखकर कहा :

"सुनो, एक दिन दीदी को शिव-मन्दिर ले जाओ न!"

''शिव-मन्दिर?''

''हाँ...वो जाना चाहती है, पर तुमसे कह नहीं सकती।''

''ये मन्दिर कहाँ है? बहुत दूर है क्या?''

''नहीं...यहाँ से 20-25 मील दूर उस पहाड़ी के उस पार है।''

गेरू ने इशारे से पूछा दिखाते हुए :

''वो वाली पहाड़ी?''

''हाँ।''

''क्या बहुत बड़ा मन्दिर है?''

''ख़ास मन्दिर है। वहाँ सबकी मन्नत पूरी होती है। दीदी की शादी नहीं हुई है न इसलिए उसे मन्नत माँगनी है।''

''तुमने कोई मन्नत नहीं माँगी?''

''माँगी है न।''

''क्या?''

''ऐसे बताया नहीं करते।''

बातें करते हुए वे धनीराम के ढाबे पर पहुँच गए।

''ये ले...अब यहाँ से सीधे घर जाना।''

''बताओ न, कब ले जाओगे शिव-मन्दिर?''

''चलेंगे, इतनी जल्दी क्या है?''

''जल्दी है। मुझे मन्नत माँगनी है दीदी के लिए...तुम दीदी से शादी कर लो न!''

यह सुनकर गेरू कुछ नहीं बोला। चिन्की दुकान के अन्दर चली गई। गेरू मुस्कराते हुए, सीटी बजाते हुए अपने ट्रक की तरफ़ बढ़ गया।

[32]

मिट्ठू घर-आँगन को लीप रही थी। तभी गेरू कुछ घर का सामान लेकर आया। मिट्ठू को देखते ही बोला :

"मिट्ठू...अरे सुनो तो!"

मिट्ठू उसे देखकर जाने लगी। गेरू उसे रोकने के लिए आगे बढ़ा तो फिसलकर गिर पड़ा, और मिट्ठू ज़ोर से हँस पड़ी। यह देखकर गेरू ने कहा :

"शुक्र है, आख़िर तुम हँसीं तो। चाहे मेरे तमाशे पे ही। अब मदद तो करो, उठाओ।"

गेरू ने अपना हाथ बढ़ाया और मिट्ठू ने जैसे ही पकड़कर खींचा, वह भी फिसलकर गेरू के पास गिर पड़ी। फिर दोनों हँसने लगे। हँसने की आवाज़ पर चिन्की और निम्की भी अन्दर से निकल आईं और दोनों को गिरा देखकर हँसने लगीं। चिन्की ने धमकी दी :

"ठहरो, अम्माँ को आने दो। उनको बताती हूँ कि उनका कितना गोबर ख़राब किया तुम लोगों ने!"

गेरू बोला :

"और मेरे जो कपड़े ख़राब हो गए?"

मिट्ठू ने इशारे में फ़र्श ख़राब होने की बात कही। गेरू ने कहा :

‘‘और ये जो फ़र्श ख़राब हुआ, दोबारा लीपना नहीं पड़ेगा? क्यूँ मिट्‌ठू?’’

मिट्‌ठू के अन्दर जो नाराज़गी थी–गेरू के लिए, सब ख़त्म हो गई। गेरू ने चिन्की से कहा :

‘‘अब ख़ुद ही लीपना बैठ के।’’
‘‘मैं क्यूँ...? कबड्‌डी तो तुम दोनों खेल रहे थे।’’

निम्की ने चिन्की को डाँट दिया :

‘‘चुप कर चिन्की। अजीब ज़ुबान है इस लड़की की! तू तो लड़का होती तो अच्छा होता।’’
‘‘लड़का होती न दीदी, तो मज़ा आ जाता। इतना कमा के लाता, ऐसे ठाठ से शादी करता।’’
‘‘चल, सामान उठाकर रख दे ऊपर।’’

गेरू ने कहा :

‘‘ऊपर नहीं, यहीं रसोई में रखवा दीजिए। ये सब मैं घर के लिए लाया था। क्या है, थोड़ा-थोड़ा लाने में महँगा पड़ता है और आपको वहाँ रोज़ जाने की ज़रूरत भी नहीं पड़ेगी। एकसाथ लाने में सस्ता पड़ता है। गोबर में नहीं गिरे तो...’’
‘‘आप कपड़े बदल लीजिए।’’
‘‘हाँ...हाँ...’’

गेरू वहाँ से चला गया। चिन्की सामान उठा रही थी जो ज़मीन पर गिरा हुआ था, फिर उसने शरारतन दीदी से पूछा :

‘‘लड़का अच्छा है न दीदी?’’
‘‘छोटे हैं तुमसे जो लड़का कहकर बात करती है?’’

"तो फिर क्या कहकर बुलाऊँ? जीजाजी कहूँ?"
"ठहर तो सही!"

निम्की उसे मारने को दौड़ी और वह भी फिसलकर गिर पड़ी। और फिर सब मिलकर हँसने लगीं। शोर सुनकर गेरू भी कमरे से बाहर निकल आया और निम्की को गिरा देखकर हँसने लगा :

"अच्छा है, सबने बारी पूरी कर ली। ये सिर्फ़ चिन्की रह गई है। इसको तो धक्का मारकर गिरा देना चाहिए।"

गेरू निम्की के पास आ गया। उसको हाथ दिया इशारे से उठने के लिए।

"आइए...आइए, अब आप भी जाकर कपड़े बदल लीजिए।"

सारा घर ख़ुशी के माहौल से भर गया। गेरू अब उसी परिवार का लग रहा था। लगता था, एक पूरा परिवार हँसी-ख़ुशी बसा हुआ है।

[33]

मिट्ठू घर के आँगन में कुएँ के पास बैठी कुछ गुनगुना रही थी और गेरू के कपड़े धो रही थी। गेरू कमरे से निकलकर दातुन करता सीढ़ियों से नीचे उतर रहा था। गेरू ने पूछा :

"मेरे कपड़े धोने के लिए किसने कहा तुम्हें?"

मिट्ठू ने इशारे में कहा :

"मेरे दिल ने।"

गेरू उसके क़रीब आ गया और बोला :

"शुक्र है, तुम्हारा दिल तो बोलता है!"

मिट्ठू ने इशारे में पूछा :

"तुम्हारा दिल नहीं बोलता?"
"गूँगा है। तुम क्या गा रही थीं?"

उसने इशारे में कहा :

"कुछ नहीं।"
"देखो, मिट्ठू, झूठ मत बोलो। तुम्हारी शक्ल से पता चलता है, तुम कविता लिखती हो।"
"तुम्हें कैसे मालूम?"
"मेरा दिल कहता है। अच्छा, बताओ न, क्या कविता है?"

मिट्ठू ने ज़मीन पर लिखकर बताया। गेरू पढ़ने लगा :

'फिर से अइयो—बदरा बदेसी!'
तेरे पंखों पर मोती जड़ूँगी।

'आगे कल।' मिट्ठू ने इशारे में कहा।
गेरू उठकर गया तो मिट्ठू सोचने लगी उसी गीत की आगे की लाइनों को।
पहाड़ों की वादी में मिट्ठू बादलों के बीच अपना लिखा हुआ गीत मन-ही-मन गुनगुना रही थी, और कॉपी में लिख रही थी।

[34]

फिर से अइयो–बदरा बदेसी!
तेरे पंखों पर मोती जड़ूँगी

भर के जइयो हमरी तलैया
मैं तलैया किनारे मिलूँगी
तुझे मेरे काली कमली वाले की सौं

फिर से अइयो–बदरा बदेसी!
तेरे पंखों पर मोती जड़ूँगी

तेरे जाने की रुतों को मैं जानती हूँ
मुड़ के आने की रीत है कि नहीं
वो काली-काली रातें पूछूँगी जाके
तेरे संग मेरी प्रीत है कि नहीं
कच्ची पुलिया से हो के गुज़रियो
कच्ची पुलिया के किनारे मिलूँगी

फिर से अइयो–बदरा बदेसी!
तेरे पंखों पर मोती जड़ूँगी

तू जो रुक जाए मेरी अटरिया
मैं अटरिया पे झालर लगा दूँ
अपने काजल की बिंदिया लगा दूँ

फिर से अइयो–बदरा बदेसी!
तेरे पंखों पर मोती जड़ूँगी

छू के जइयो हमरी बगिया
मैं पीपल के आड़े मिलूँगी

बाज़ार में एक ताँगा जा रहा था, जिसके दोनों तरफ़ पोस्टर लगे हुए थे। क़स्बे में कोई नौटंकी का खेल आया था। आदमी चिल्ला-चिल्लाकर नौटंकी का ढिंढोरा पीट रहा था।

अम्माँ, जो बाज़ार से गुज़र रही थी, उसने जब उस नौटंकी के बारे में सुना, तो उसने अपने सिर की डलिया फेंकी और बड़बड़ करती घर की तरफ़ भागी तेज़ी से।

''मुए...कमबख़्तो...तुमसे...''

ढिंढोरे की आवाज़ आ रही थी :

'आपके शहर में अलबेली नौटंकी आई है। देखना मत भूलिएगा। एक टिकट में दो-दो मज़े!'

अम्माँ घर के दरवाज़े तक पहुँचकर खड़ी हो गई और ज़ोर-ज़ोर से साँस लेने लगी। फिर बेटियों को पुकारा :

''निम्की...ओ निम्की...मिट्ठू, कहाँ हो तुम लोग? जवाब दो! अरे कहाँ मर गए सब-के-सब?''

आँगन में अम्माँ पहुँची। रसोई में निम्की बैठी सब्ज़ी काट रही थी। हाँफती हुई अम्माँ को देखकर पूछा :

''क्या हो गया अम्माँ?''
''अरे चिन्की कहाँ है?''

बोलते-बोलते चिन्की पर नज़र पड़ी :

"अरे, इधर आ, अन्दर आ! चौबीस घंटे बाहर घूमती रहती है। चल, अन्दर चल! घर से बाहर निकली तो टाँगें तोड़ दूँगी!"

अम्माँ ने चिन्की का हाथ पकड़कर कमरे में बन्द कर दिया। अम्माँ का ऐसा सुलूक देखकर निम्की की कुछ समझ में नहीं आया कि वह ऐसा क्यूँ कर रही है।

"अम्माँ, क्या हुआ?"
"तेरा सिर हुआ। तू भी कमरे में चल! अरे मिट्ठू, कहाँ है?"
"वो बकरी बाँध रही है।"

अम्माँ मिट्ठू के पास गई।

"चल...चल, छोड़ दे बकरियों को! चल, मेरा मुँह क्या देख रही है? चलो, अन्दर चलो! कहा था अन्दर बैठने को, यहाँ खड़ी-खड़ी क्या कर रही है?"

सबको अन्दर करके अम्माँ दरवाज़ा बन्द कर दिया।

"जब तक मैं नहीं कहूँगी तब तक दरवाज़ा नहीं खोलना, समझीं तुम लोग? आ गए मुए मेरी जान खाने को!"

अम्माँ ने पास पड़ी लाठी उठा ली...घर के बाहर वाली सड़क पर वही नौटंकी वालों का ताँगा आ गया था और चिल्ला-चिल्लाकर प्रचार कर रहे थे। उन्हें देखकर अम्माँ ग़ुस्से में गालियाँ बक रही थी।

‘‘आ गए ढोल बजाते गिद्ध सारे! अरे, दुनिया में और कोई गाँव नहीं मिला क्या? तेरा नाश हो! अरे सतियानाश हो! आँखें नोंचकर कुत्तों को डाल दूँगी! अन्दर आया तो टाँगें तोड़ के चूल्हे में डाल दूँगी—यहाँ आने की कोशिश भी की तो! जा यहाँ से—सतियानाश हो तेरा!’’

नौटंकी वालों का ताँगा आगे बढ़ गया। अम्माँ ने दरवाज़ा बन्द किया। तीनों बहनें ख़िड़की पर खड़ी, अम्माँ की हरकतों को देख रही थीं।

[36]

नौटंकी का टेंट जहाँ लगा था, वहाँ पर करतार सिंह और गेरूलाल भी आए। उन्होंने नौटंकी का टिकट लिया और नौटंकी देखने अन्दर चले गए।

[37]

रात का वक़्त था। घर के बरामदे में अम्माँ बैठी थी—लाठी लिये। बैठे-बैठे सो गई थी। कमरे में से निम्की आई और अम्माँ पर कम्बल ओढ़ाया, और फिर कमरे में चली गई। लालटेन की रोशनी कम हो रही थी जब अम्माँ की आवाज़ सुनाई दी :

"कौन?...कौन...वहीं रुक जा!"

गेरू, जो घर में दाख़िल हो रहा था, उसने पूछा :

"अम्माँ, क्या हुआ?...मैं हूँ।"
"कौन है तू?"
"गेरूलाल।"
"रुक जा वहीं, मैंने कहा न! आगे बढ़ा तो सचमुच मार डालूँगी।"

गेरू घबरा गया।

"अम्माँ, मैं गेरूलाल हूँ। तेरा किराएदार।"
"कहाँ था इतनी देर? नौटंकी देखने गया था?"
"हाँ...वो..."
"बोलता क्यूँ नहीं, नौटंकी देखने गया था?"

कमरे का दरवाज़ा खुला था। अन्दर से निम्की सब कुछ देख रही थी।

"अरे, अम्माँ...मैं तो अपने काम से आ रहा हूँ। लेकिन इतनी रात गए...तू यहाँ क्या कर रही है?"
"वो आएगा न, किशनलाल।"

अम्माँ वहीं बैठ गई।

"कौन किशनलाल?"
"बाप–इन बच्चों का। कुत्ता है कुत्ता–अपने ही बच्चों का गोश्त खाने आएगा। बोटियाँ नोंच लूँगी उसकी!"

गेरू अम्माँ की बग़ल में बैठ गया। अम्माँ बड़बड़ा रही थी :

"मेरे सामने आकर तो देखे!"
"कहाँ है वो?"

"आएगा...आएगा! इस जैसे भेड़िए रात को ही हमला करते हैं।"

"अरे अम्माँ, तू क्यूँ फ़िक्र करती है? तेरा बेटा है न तेरे पास। तू अन्दर जाके सो जा। मैं यहाँ बैठता हूँ। ला, ये डंडा मुझे दे।"

"छोड़ दे...किशनलाल, मैं जानती हूँ, अब तू किसके लिए आया है? पहले बड़ी को मनाया, नहीं मानी तो मिट्ठू को उठाके ले गया। मार-मार के ज़ुबान बन्द कर दी उसकी। गूँगी कर दिया बेचारी को।"

"मिट्ठू को वो उठा के ले गया था?"

"पापी मुए, तुझे अपने बच्चों पे तरस नहीं आता? मैं क्या कम थी—तेरे ज़ुल्म के लिए? अपने ही बच्चों की ज़िन्दगी के पीछे पड़ा है कुत्ता!"

यह कहकर अम्माँ रोने लगी। गेरू ने समझाया :

"रो नहीं अम्माँ! आख़िर वो चाहता क्या है?"

"आँय?...उनको नौटंकी में नचाना चाहता है। मुझसे नहीं चली तो अब अपनी बेटियों को नचाना चाहता है।"

"वो ख़ुद क्या करता है नौटंकी में?"

"सारंगी मास्टर है न, सारंगी बजाता है नौटंकी में। वहीं तो मिला था मुझसे। वो सारंगी बजाता था और मैं..."

"तू...तू वहाँ क्या करती थी?"

"नाचती थी। छह-छह घंटे नाचती थी...सारी-सारी रात नाचा करती थी। जुगनी कहते थे मुझे।"

गेरू को जुगनी नाम से कुछ याद आया—वह बूढ़ा, जो शराब पीकर आया था।

''बड़ा नाम था जुगनी का। शोले की तरह जला करती थी मैं। और किशनलाल...क्या हाथ चला करता था उसका सारंगी पे! मैं तो उसका हाथ चूमते नहीं थकती थी। कहाँ-कहाँ से बुलावे आते थे। बड़ी-बड़ी हवेलियों से दावतनामे आते थे।''

अम्माँ बोलते-बोलते उन पुराने दिनों में खो गईं।

[38]

अम्माँ जब जवान थी, और वह एक महफ़िल में गा रही थी :

'बड़ी देर से मेघा बरसा ओ रामा
जली कितनी रत्तियाँ...

इस पहलू झुलसी, तो उस पहलू सोई
सारी रात सुलगी मैं, आया न कोई...
बैठी रही रखके हथेली पे दो अँक्खियाँ
जागी सारी रत्तियाँ...

बड़ी देर से मेघा बरसा ओ रामा
जली कितनी रत्तियाँ...

थोड़ा-सा तेज़ कभी, थोड़ा-सा हलका
रोका न जाए, मुई अँक्खियों का टपका
लाखों पिरोयी मैंने मोतियों की लड़ियाँ
जागी सारी रत्तियाँ...

बड़ी देर से मेघा बरसा ओ रामा
जली कितनी रत्तियाँ...'

[39]

बैलगाड़ियों में सफ़ चल रहा था–अम्माँ का और किशनलाल का। वह किशनलाल को समझा रही थी :

"किशनलाल?"
"हूँ..."
"मैं थक गई। ऊब गई।"
"अभी से?"
"अब और नाचने को जी नहीं करता।"
"तो क्या करेगी?"
"तेरे बच्चे खिलाऊँगी न! तू अपने बच्चे देते रहना, मैं पालती रहूँगी।"

उसी याद में अम्माँ के रोने की आवाज़ हावी होती गई। वह कह रही थी :

"जब निम्की जन्मी, वो भाग गया था, पर लौट आया। मिट्ठू जन्मी तो जो गहना-ज़ेवर बचा था, चोरी करके किशनलाल फिर भाग गया। वो सिर्फ़ ग़ोरी की तरह आता रहा, जाता रहा। मेरा सोमनाथ उसने बसने नहीं दिया।"

[40]

वापस वही आँगन, वही अम्माँ का अन्दाज़ जो आपबीती गेरूलाल को बताते-बताते उसी के कन्धे पर सिर रखकर सो गई थी। निम्की, जो थोड़ी दूर बैठी थी, अम्माँ को

सोया देख गेरूलाल के पास आई और अम्माँ को जगाने की कोशिश की :

"अम्माँ..."

गेरू ने कहा :

"तुम बिस्तर लगाओ, मैं इन्हें लेकर आता हूँ।"

निम्की घर के अन्दर गई। गेरू ने आहिस्ता से अम्माँ को उठाया और घर के अन्दर ले जाकर बिस्तर पर लिटा दिया। निम्की ने आकर कम्बल ओढ़ाया। गेरू ने अम्माँ का चश्मा निकालकर पास खड़ी निम्की को दिया। निम्की की आँखें भर आईं। गेरू ने यह देखकर कहा :

"रोते नहीं निम्की! जब अच्छे दिन नहीं रहते तो बुरे दिन क्यूँ रहेंगे? वो भी निकल जाएँगे। अरे हाँ, तुम्हें शिव-मन्दिर जाना है। जिस दिन छुट्टी होगी, ले चलूँगा। जाओ, सो जाओ।"

गेरू अपने कमरे की तरफ़ चला गया। निम्की ने अपना कमरा बन्द कर लिया।

[41]

दूसरे दिन सुबह-सुबह मिट्ठू गेरू के कमरे में आई। गेरू को सोता देखकर दरवाज़ा खटखटाया, गेरू जाग गया, और पूछा :

"क्या हुआ?"

मिट्ठू ने इशारे में बताया :

"नौटंकी वाले चले गए।"
"नौटंकी...चली गई, जिससे अम्माँ रात को घबरा रही थी? तुम्हें कैसे पता?"

मिट्ठू ने इशारा किया :

"मैंने आँखों से देखा।"
"तुमने देखा? चलो, देखते हैं।"

[42]

बाज़ार में नौटंकी का टैंट उखड़ रहा था। एक आदमी उन्हें लपेट रहा था।

"अरे...ये सचमुच चला गया?"

पास खड़े आदमी से पूछा :

"अरे भाई, ये नौटंकी वाले चले गए?"
"वो तो रात को ही चले गए।"
"कहाँ...?"
"पता नहीं! हम तो सामान वाले हैं।"
'उसका मालिक कौन है?"
"जेठामल।"
"कौन...?"

उस आदमी ने पास पड़े पोस्टर को उठाकर दिखाया। गेरू ने पोस्टर देखा और नाम पढ़ा।

“मतलब ये नौटंकी किशनलाल की नहीं है।”

मिट्ठू को देखकर :

“तुम्हारे बापू की नहीं है?”
मिट्ठू ने नहीं में सिर हिलाया।
“तुम इतनी सुबह यहाँ क्यूँ आई थीं?”

यह सुनकर मिट्ठू चल दी। पीछे-पीछे गेरू आ रहा था और उससे कह रहा था :

“अगर ये नौटंकी किशनलाल की होती तो?”

मिट्ठू ने इशारे से समझाया :

“किशनलाल से ही मिलने आई थी।”
“किशनलाल से मिलने?...क्यूँ...?”

मिट्ठू ने एक चिट्ठी निकालकर गेरू को दी जो उसे देने आई थी। गेरू वह चिट्ठी पढ़ने लगा।

‘बापू, तू मुझे साथ ले जा, लेकिन मेरी माँ और बहन का पीछा छोड़ दे। उन्हें चैन से...’

गेरू ने मिट्ठू के सिर पे हाथ रखा और कहा :

“अरे पगली...तू उसके किस काम की?”

मिट्ठू ने इशारे में कहा :

“वो नाच सकती है, गीत लिख सकती है।”
“अरे हाँ, उस कविता का क्या हुआ, जो तू मुझे देने वाली थी?”

मिट्ठू ने इशारे से कहा :

"लिखकर दूँगी।"

और फिर आगे-आगे चल दी। आँखों में आँसू भरे थे।

"अच्छा, चिट्ठी में लिखकर भेजा करोगी, जब मैं यहाँ से चला जाऊँगा?"

मिट्ठू ठिठककर रुक गई और पूछा :

"तुम यहाँ रहोगे नहीं? चले जाओगे?"
"हाँ, अब जाना तो पड़ेगा न! क्या है कि हम तो ठेकेदार के ठेके में रहते हैं, किसी दिन भी दूसरी जगह भेज देगा।"

यह सुनकर मिट्ठू उदास हो गई। गेरू उसके चेहरे को देखकर फिर कहने लगा :

"लेकिन एक बात मैंने सोच ली है। जिस दिन भी मैं यहाँ से जाऊँगा, तुमको ट्रक के पीछे डालकर ले जाऊँगा।"

मिट्ठू वहीं ज़मीन पर बैठ गई और कुछ लिखकर गेरू को दिखाया। गेरू उसे पढ़ने लगा :

"पृथ्वीराज चौहान की तरह...तुम तो काफ़ी पढ़ी-लिखी हो!"

यह सुनकर ख़ुशी से मिट्ठू चल दी। फिर मुड़कर पूछा :

"अम्माँ, निम्की, चिन्की–उन तीनों का क्या होगा?"

गेरू समझ नहीं सका। उसने दोहराया :

''तुम छत पर बैठोगी...उन तीनों का क्या होगा?...उन तीनों को एक लिफ़ाफ़े में...नहीं-नहीं, वज़न बढ़ जाएगा...उन तीनों को अलग-अलग लिफ़ाफ़ों में बन्द करके...स्टैंप लगा के, नानी के पास पोस्ट कर दूँगा।''

मिट्ठू हँसने लगी और इस हँसी में गेरू भी शामिल हो गया। हँसते-हँसते ये दोनों घर के क़रीब पहुँचे। घर के बाहर सभी उदास बैठी थीं—अम्माँ, निम्की और चिन्की। गेरू ने आगे बढ़कर कहा :

''अरे अम्माँ...वो नौटंकीवाले रातोंरात ही ग़ायब हो गए!''

''कब? कैसे पता?...''

अम्माँ उठके देखने के लिए जाने लगी। गेरू ने रोका :

''अरे, क्या हुआ?''

''दूखूँ...''

अम्माँ की बात अधूरी रह गई। गेरू ने अम्माँ को कन्धों पे उठा लिया, और घुमाने लगा। फिर बिठाकर कहा :

''आराम से बैठ जा। मैंने अपनी आँखों से देखा है। वो नौटंकी किशनलाल की नहीं थी।''

फिर निम्की से कहा :

''चाय पिलाओ अम्माँ को...मुझे भी तो पिलाओ।''

सभी के चेहरों पर ख़ुशी नाच गई। निम्की चाय बनाने अन्दर की तरफ़ बढ़ी। पीछे-पीछे

चिन्की और मिट्ठू भागीं। गेरू अम्माँ के क़रीब बैठ गया।

''और अम्माँ, तू अपने दिल से ये डर निकाल दे। वो किशनलाल है न, वो यहाँ कभी नहीं आएगा। मुझे मालूम है।''

''तुझे कैसे मालूम?''

''मैं उससे मिल चुका हूँ। उस रात मैंने तुम्हें छुरा दिखाया था न, वो किशनलाल का था। मुझे क्या मालूम था, तेरा नाम जुगनी है। उससे कह दिया, यहाँ कोई जुगनी-वुगनी नहीं रहती है। सिर्फ़ मैं रहता हूँ। तू फ़िक्र मत कर, वो अब यहाँ कभी नहीं आएगा।''

इस बीच निम्की चाय लेकर आ गई। गेरू ने अम्माँ की तरफ़ बढ़ाई :

''ले...पी ले चाय।''

अम्माँ उसे देखकर सोचने लगी। आँखें डबडबा आईं।

''पी न...''

फिर अम्माँ ने चाय पीनी शुरू की। और गेरू की तरफ़ देखकर अपने हाथों से उसका सिर सहलाने लगी।

[43]

गेरूलाल अपना ट्रक लेकर ट्रक स्टैंड पर पहुँचा और ठेकेदार करतार सिंह से सलाम-दुआ की।

''करतार सिंह, सतसिरी अकाल।''

''अरे, मैं तो तुझे ही ढूँढ़ रहा था। बोरिया-बिस्तर बाँध और हो जा तैयार।''

"क्यूँ, क्या हुआ?"
"धामपुर पहुँच आज रातोंरात। कल से काम चालू। अपना नम्बर लगा ले। तेरा कार्ड कहाँ है?"

यह सुनकर गेरूलाल सोच में पड़ गया। करतार सिंह बोलता गया :

"मैं शर्माजी से हिसाब-किताब कर लूँगा।"

फिर उसका चेहरा देखकर पूछा :

"क्या हुआ? कहीं तूने उस अम्माँ के यहाँ रिश्ता-विश्ता तो नहीं जोड़ लिया? बहुत सुनते हैं..."

[44]

अम्माँ टोकरी को रस्सी से बाँध रही थी जो एक-दो जगह से टूट गई थी। पास बैठी निम्की से पूछा :

"क्या फटे कपड़ों की मरम्मत कर रही है? क्या सी रही है?"
"गेरूलाल की क़मीज़ है अम्माँ, मिट्ठू धो रही थी, फट गई।"
"गेरूलाल कौन?"
"अपने किराएदार हैं अम्माँ। ऊपर रहता है न।"
"ओह...बड़ा बेहूदा नाम है। गेरूलाल क्या हुआ?... लेकिन इन्सान बड़ा भला है।"

टोकरी ठीक करते-करते हाथ झटका तो हाथ में मोच आ गई। निम्की ने कहा :

"क्या हुआ अम्माँ? लाओ, मैं ठीक करती हूँ।"
"अरे नहीं, ठीक हो गया। बुरा हो उन ढोलक वालों का, पैर फुला दिये मेरे। उस दिन न जाने कहाँ फेंक आई, कितना सारा गोबर भी साथ में गया।"

उठते-उठते अम्माँ ने पूछा :

"ये खट्‌टी-मिट्‌ठी कहाँ हैं?...चिन्की और वो?"
"बाहर हैं। मसाला छान रही हैं।"
"ध्यान रखना उनका। उपले सूख गए, तो उतार देना।"
"हाँ, अम्माँ।"
"धनीराम को दे आऊँगी।"

निम्की अम्माँ को आँगन तक छोड़ने आई, तो वहाँ दिन में ही गेरू का ट्रक देखकर चौंकी और समझी, शायद आज जल्दी आ गया।

[45]

गेरूलाल बाज़ार से काफ़ी कुछ ख़रीदकर लाया था, जो बिस्तर पर फैलाकर रखा था, और अपने कपड़े-लत्ते ठीक कर रहा था। उसी वक़्त निम्की उसके कमरे में आई और पूछा :

"इतनी जल्दी आ गए...छुट्‌टी मिल गई क्या आज?"
"हाँ, छुट्‌टी हो गई। ...तुम्हारे गाँव से ही छुट्‌टी हो गई।"

निम्की चौंकी :

"तुम...तुम जा रहे हो यहाँ से?"
"आज के आज धामपुर पहुँचना है।"

यह सुनकर निम्की के चेहरे पर वीरानी छा गई।

"कुछ चीज़ मैं लाया था...वो..."

गेरू की बात मुँह में ही थी कि चिन्की तेज़ी से आई और पूछा :

"आज तुम इतनी जल्दी आ गए? ये क्या इतना सारा सामान लाए हो?"

एक-एक सामान उठाकर गेरू ने कहने की कोशिश की :

"ये...ये देखो, अम्माँ के लिए।"

चिन्की खोलकर देखने लगी।

"और ये तुम्हारी दीदी के लिए।"

चिन्की ने पूछा :

"अच्छा है न दीदी?"
"और ये मिट्ठू के लिए है और ये कॉपी भी है—कविता लिखने के लिए।"
"और मेरे लिए कुछ नहीं?"
"है न...ये रहा...ये चूड़ियाँ।"

चिन्की ख़ुश हो गई :

"ले जाऊँ?"
"हाँ...ले जाओ।"

चिन्की अपनी चीज़ें लेकर भाग गई। गेरू ने निम्की को कपड़ा दिखाकर पूछा :

"ये पसन्द है तुम्हें?...रख लो।"

निम्की ने ख़ामोश से कपड़ा पकड़ा। गेरू ने कहा :

"हाँ, मैं अपना वादा भी नहीं भूला। तुम जाओ, तैयार हो जाओ, मैं तुम्हें शिव-मन्दिर ले चलता हूँ। जाओ, तैयार हो जाओ। जाओ न!"

निम्की मुड़ी थी कि गेरू ने फिर कहा :

"हूँ...तुम्हें शिव-मन्दिर जाना है न?"
"हाँ, जाना तो था।"
"फिर कोई मन्नत भी तो माँगनी थी?"
"तुम्हीं को माँगना था भगवान से। मिट्ठू के लिए..."

यह सुनकर गेरू सोच में पड़ गया।

"मिट्ठू...मिट्ठू...निम्की, मैंने..."
"तुम ही बता दो, मेरी मन्नत पूरी होगी या नहीं?"
"अगर मैंने तुमको माँग लिया तो हम दोनों की मन्नत कैसे पूरी होगी?"

निम्की की आँखों से आँसू बहने लगे।

"निम्की, मिट्ठू के बारे में...मैंने ऐसा कभी नहीं सोचा। हाँ, हमेशा तुम्हारा ख़याल आया। तुम कहो तो, मैं..."
"मैं ये घर छोड़कर कहीं नहीं जा सकती। अगर मैं चली गई तो...तो तुम जानते हो, कोई नहीं बचेगा...कोई नहीं..."
गेरू ने वक़्फ़ा लिया और पूछा :

''मैं इन्तज़ार करूँ?''
''नहीं।''
''वापस आऊँ?''
''नहीं। ...आओ बेशक, लेकिन मेरे लिए नहीं।''

यह कहकर निम्की चली गई। गेरू उसे देखता रह गया।

[46]

गेरूलाल अपना सामान वग़ैरह लेकर सीढ़ियों से नीचे उतर रहा था। आँगन में किसी को न देखकर सामान वहीं रखकर घर के अन्दर गया। लेकिन घर में भी कोई नहीं था। उसने आँगन में आकर अपना सामान उठाया और ट्रक के पास चल दिया।
ट्रक के पास पहुँचकर, सामान रखकर फिर मुड़कर घर की तरफ़ देखा। मिट्ठू-चिन्की खड़ी रो रही थीं। वह उन लोगों के पास आया।

''मेरी कविता नहीं दी न तुमने? लिख के रखना। जब मैं यहाँ से गुज़रूँगा तो ले जाऊँगा।''

मिट्ठू रोती रही। गेरू चिन्की की तरफ़ आया और सिर पर हाथ रखकर बोला :

''अच्छे बच्चों की तरह घर में ही रहना। बाहर ज़्यादा घूमना-फिरना मत।''
''फिर कब आओगे?''

"आऊँगा। ज़रूर आऊँगा। तेरी शादी जो करानी है! आना ही पड़ेगा।"

पास ही निम्की भी आकर खड़ी हो गई। गेरू उसके पास जाकर बोला :

"मैंने अपना पता मिट्ठू की कॉपी में लिख दिया है। अगर ज़रूरत समझो तो बुला लेना...अम्माँ को मेरा प्रणाम कहना। चलता हूँ।"

गेरू चला गया। निम्की सिसकती रही।

[47]

ट्रक पर गेरू चला जा रहा था और एक गाना सुनाई दे रहा था :

'राह पे रहते हैं...
यादों पे बसर करते हैं
ख़ुश रहो अहलेवतन...
हम तो सफ़र करते हैं।

जल गए जो धूप में, तो साया हो गए
आसमां का कोई कोना ओढ़ा, सो गए
जो गुज़र जाती है बस,
उस पे गुज़र करते हैं।
राह पे रहते हैं...
यादों पे बसर करते हैं।

उड़ते पैरों के तले जब उड़ती है ज़मीं
मुड़के हमने कोई मंज़िल देखी ही नहीं
शाम-व-सहर करते हैं।

राह पे रहते हैं...
यादों पे बसर करते हैं

ऐसे उजड़े आशियाने तिनके उड़ गए
बस्तियों तक आते-आते रस्ते मुड़ गए
हम ठहर जाएँ जहाँ
उसको शहर कहते हैं।
राह पे रहते हैं...
यादों पे बसर करते हैं
ख़ुश रहो अहलेवतन...
हम तो सफ़र करते हैं।'

इस गीत के साथ तीन बरस का अरसा बीत गया। गाना ख़त्म हुआ तो ट्रक एक ढाबे पर आकर रुका। गेरू नीचे उतरा और अपने क्लीनर से कहा :

"यार गुरू...ये लाइट को चैक करवा लेना। ससुरी बार-बार ऑफ़ हो जाती है।"
"गेरू, रात यहीं रुकना है या निकल लेना?"
"तड़के-तड़के चलते हैं। कल रात भी बड़ी लम्बी खेंची थी।"
"अच्छा।"

गेरू जैसे ही ढाबे में दाख़िल हुआ, उसकी पहचान के एक ड्राइवर ने आवाज़ दी :

"अरे गेरू, इधर ही आ जा।"
"आता हूँ यार! हाथ धो लूँ। वही वीरपुर का चक्कर?"
"और क्या!"
"यार, ये तेरा वीर पर का चक्कर ख़त्म कब होगा?"

"अरे यार, अच्छा है न। पर्मानेंट नौकरी लगी हुई है।"

उसके पास रखे गिलास को गेरू ने उठाकर मुँह में लगा लिया और घूँट भर गया।

"ओए...तेरी तो...अबे साले, कभी तो सोडा या पानी डाला कर। हमेशा कोरी पीता है।"
"अरे पानी पिए साले मेढक। जो काम दो गिलास पीने से होता है, तीन-चार गिलास क्यूँ पिए जाएँ? पेट फुलाना है क्या?"

होटल का आदमी आया ऑर्डर लेने। ड्राइवर ने कहा :

"अरे, गेरू के लिए भी यहीं ले आ।"

गेरू बोला :

"और सुन, दाल को अच्छी तरह तड़का मार..."
"अरे तेरी तो दाल की ऐसी-तैसी! जा, मुर्ग़ा लेकर आ। शाम को दो कटवाए हैं।"
"शाम से यहीं पे है?"
"हाँ, यार, ब्रेकलाइज़ टूट गया था।"
"अच्छा...फिर तो सुबह साथ ही चलेंगे।"
ड्राइवर ने जवाब दिया :
"अपना तो प्रोग्राम फ़िट है।"
"वो क्या?"
"साथ वाले गाँव में नौटंकी आई है। रात को देखने चलेंगे।"
"तू ही जा यार! अपनी तो रात रोज़ ही लम्बी खेंचती है।"
"एक रात और सही गेरू! बड़ी ज़ोरदार नौटंकी है।"

"अबे साले, तूने कहाँ से सुना? अभी-अभी तो आया है मेरे आगे।"
"पूछ लो काशीराम से।"
"फेंकता होगा साला।"

काशीराम ने कहा :

"बड़ी धाँसू नौटंकी है गेरू! काशीराम की बघार से कम नहीं। सी-सी करते लौटोगे।"
"तीन साल पहले मैंने नौटंकी देखी थी..."

बोलते-बोलते गेरू को हिचकी आ गई।

"तब से क़सम खाई है। गिलास भर दे। बार-बार हिचकी आ रही है।"
"अरे पट्ठे, कोई याद कर रहा होगा। सुना है, हिचकी आती है तो कोई याद करता है।"
"बार-बार क्यूँ याद करता है? एक ही बार..."

बोलते-बोलते गिलास होंठों से लगाया।

"करता नहीं, करती होगी।"
"हाँ, करती थी। साल-भर हो गया। वो भी नहीं करती...।"
"उसे उठा के ले जाता। ऐसी क्या बात थी!"
"बस चलता तो वही करता, पर..."
"शादी हो गई?"
"नहीं, गुज़र गई।"
"ओहो...कौन थी?"
"मेरी नानी।"

यह सुनकर दोनों हँस पड़े।

[48]

नौटंकी का पंडाल सजा हुआ था। लड़कियों का नाच शुरू हो गया था। एक लड़की जो सबके बीच में गा रही थी, चिन्की थी—अम्माँ की तीसरी बेटी।

'ओ ऐसा लगा...
ऐसा लगा, सुरमा नज़र माँ
आए नज़र तू ही तू ओ सैंयाँ
तू ही नज़र आए।'

गेरू अपने साथियों के साथ नौटंकी देखने आया था। वह एक जगह जाकर जम गया।

'ओ सीने में जल गई...
इश्क़ की ज्योति, ज्योति में तेरी ख़ुशबू
ओ...सैंयाँ...तेरी ही ख़ुशबू आए
ऐसा लगा, सुरमा नज़र माँ
आए नज़र तू ही तू ओ सैंयाँ'

गेरू की नज़र चिन्की पर पड़ी। उसने पहचान लिया उसे।

'तेरी खोज में दुनिया भटकी, भटकी
द्वारे द्वारे...'

चिन्की की नज़र भी गेरू पर पड़ी और वह भी उसे पहचान गई।

'ओ गाँव शहर सब खोजे सैंयाँ
खोजे सारे तीर्थ, तीर्थ नज़र आए
तीर्थ नज़र आए पग पग पे सैंयाँ
आए न नज़र तू...'

कोरस कर तमाम लड़कियाँ गाने लगीं।

[49]

गेरूलाल स्टेज के पीछे से अन्दर की तरफ़ जाने लगा। वहाँ खड़े आदमी ने उसे रोका :

"अय मास्टर, ज़रा ठहरो। कहाँ चले जा रहे हो?"

"वो चिन्की से मिलना था। मैं उसे अच्छी तरह जानता हूँ। आप उससे जाकर कह दीजिए, गेरूलाल आया है। वो समझ जाएगी।"

"इस वक़्त उनसे कोई नहीं मिल सकता है। हमारे मैनेजर का हुक्म है।"

"अच्छा, आप मुझे मैनेजर से मिलवा दीजिए।"

उसी वक़्त एक लड़का सामने आया।

"मैं हूँ मैनेजर। मैं तुमसे कह रहा हूँ, इस वक़्त उससे कोई नहीं मिल सकता। तुम चले जाओ।"

"लेकिन मैं, उसको..."

इस दरमियान गेरू ने देखा, दूर खिड़की से चिन्की उसे ही देख रही थी। गेरू उसके पास चला आया। चिन्की बड़े रूखे अन्दाज़ में बोली :

"क्या है?...क्या कहना है, जल्दी कहो।"

"चिन्की, मेरी समझ में नहीं आ रहा है कि तुम यहाँ...नौटंकी में कैसे आ गईं?"

"क्यूँ?...क्या समझ में नहीं आ रहा है?...क्या तुम नहीं जानते कि मेरी माँ भी नौटंकी में थी?"

"हाँ, जानता हूँ। और यह भी जानता हूँ, उसने तुम्हें इस काम से बचाने के लिए कैसे-कैसे दिन काटे थे। कैसे मर-मर के..."

"मरती ही तो रही, जी तो नहीं...और न हमें जीने दिया।"

"अम्माँ के बारे में ऐसी बातें करते तुम्हें शर्म नहीं आती? अगर वो नहीं जी, तो सिर्फ़ तुम बहनों के लिए नहीं जी। अगर मरती रही तो सिर्फ़ इस लिए कि..."

चिन्की ने बात काटी :

"इस खोखली हमदर्दी की ज़रूरत नहीं। ये मुँह-दिखावे के शब्द बहुत सुन लिये हैं मैंने। जब से होश सँभाला है, यही तो सुनती आ रही हूँ। पता नहीं क्यूँ, तुमसे उम्मीद हो गई थी, पर तुम भी तो वही निकले। तुमने हम पर कौन-सा उपकार किया है? घर के लिए दाल ले आए, आलू ले आए, प्याज़ ले आए, बस। हो गया। मैंने ढीठ होकर कहा था, निम्की से शादी कर लो। और कैसे कहती? क्या तुम्हारे पाँव पड़ती?"

"लेकिन मैंने तो कहा था, निम्की से..."

"वो रोती रही...वो रोती रही...मैं नहीं जाऊँगी। ...मैं अपनी बहनों के लिए क़ुर्बान हो जाऊँगी। यही न? अम्माँ भी यही करती रही। हम सब क़ुर्बानी देते रहे एक दूसरे के लिए और जिया कोई भी नहीं। सड़ने-गलने के लिए, मरने के लिए..."

"चिन्की, तुम...?"
"हाँ...मैं भाग आई वहाँ से। अम्माँ की तरह खुरच-खुरच के ज़िन्दगी नहीं काटनी थी। निम्की की तरह नहीं मरना था।"
"निम्की...क्या हुआ निम्की को?...वो कैसी है?"
"बहुत चिन्ता है उसकी? इन तीन सालों में कितनी बार उसकी ख़बर ली है?"
"चिन्की...मैं अपना पता छोड़ आया था। दो साल मैं अपने गाँव जाता रहा। यही सोचता, कोई ख़बर आएगी, कोई चिट्ठी आएगी, लेकिन..."

अगले खेल की घंटी बजी। एक बूढ़ा आदमी, जो 'किशनलाल' था, चिन्की के पास आया और कहा :

"अरे बेटा...पोशाक बदल ले। पहली घंटी तो हो गई।"

बोलते-बोलते उसका ध्यान गेरू पर गया और वह उसे पहचान गया। क़रीब आया।

"तुम ही मिले थे न उस रात को, जुगनी के घर पे?"

फिर घंटी बजी।

"मैं चलती हूँ बापू!"

चिन्की चली गई। किशनलाल ने गेरू से कहा :

"तुम ही ने मुझे...फिर मिलोगे जुगनी से?"
"जी...मैं...पता नहीं। शायद मिलूँ।"

''फिर मिलो तो कहना उससे–ज़िन्दगी में सुखी वो भी नहीं हुई...मैं भी नहीं हुआ...लेकिन क्या करता? ज़िन्दगी जहाँ बीजी थी न, वहीं से तो काटता।''

यह कहकर किशनलाल अन्दर टैंट में चला गया। गेरू उसे देखता रहा और सोचता रहा : क्या ये दोनों सच कह रहे हैं? जी तो रहे हैं!!

[50]

गेरूलाल अपना ट्रक लिये हुए, पहाड़ी रास्तों से होता हुआ निम्की से मिलने उसके घर लौट रहा था। पहाड़ों पर बर्फ़ गिरी थी। गेरू को वहाँ पहुँचते-पहुँचते रात हो गई। सर्दी ज़ोरों पर थी। चारों तरफ़ बर्फ़ जमी हुई थी। निम्की का घर भी बर्फ़ से ढका हुआ था।

गेरू घर के अन्दर पहुँचा। आँगन में चारों तरफ़ देखा, बर्फ़ पड़ी हुई थी। उसे अम्माँ की आवाज़ याद आ गई जो कभी उसने कहा था :

'अरे चिन्की, रात की रोटी पड़ी होगी, अचार रख के दे दे।'

गेरू घर के आँगन में पहुँचा, जहाँ वह एक बार फिसलकर गिरा था : और चिन्की ने कहा था :

'ठहरो, अम्माँ को आने दो, उसका कितना गोबर ख़राब किया है तुम लोगों ने!'

उन सबके हँसने की आवाजें गूँज रही थीं उसके ज़ेहन में। गेरू घर को इधर-उधर से देख रहा था। किसी को ढूँढ़ रहा था। फिर बाहर आँगन में आया, तो देखा, बाहर से लालटेन लिये निम्की आ रही थी। निम्की आकर गेरू के क़रीब खड़ी हो गई। दोनों ने लालटेन की रोशनी में एक दूसरे को देखा।

''निम्की!''

निम्की गेरू को एकटक देख रही थी, जैसे यक़ीन करने की कोशिश कर रही थी। गेरू ने देखा, वह बहुत कमज़ोर हो गई थी। उसने उसे पकड़कर सहारा दिया और सँभालकर बरामदे में लाकर बैठाया और ख़ुद साथ बैठ गया। निम्की उसके घुटनों पर सिर रखकर रोने लगी। गेरू ने चुप कराने की कोशिश की :

''बड़ी कमज़ोर हो गई है तू! बाल भी पकने लगे हैं!''

बहुत सँभलकर ज़ब्त के बाद निम्की ने कहा :

''उम्र हो गई है न!''
''क्या उम्र हो गई है? अभी तीन साल ही तो गुज़रे हैं।''
''तीन साल...तीन साल, क्या कम होते हैं?''

यह कहकर निम्की फिर रोने लगी।

"नहीं...नहीं, निम्की!"

निम्की ने फिर आँसू पोंछ लिये।

"कब आए तुम?"
"मैं...अभी-अभी आया हूँ।"
"किससे मिलने...?"
"नहीं, निम्की! तुम्हारे ही पास तो आया हूँ। ज़रा-सा पानी ले आ। मुँह-हाथ धो लूँ। बड़ी दूर से आ रहा हूँ।"

[51]

निम्की खाना बनाने लग गई। गेरू वहीं बैठकर खाया। गेरू ने पूछा :

"मिट्ठू और अम्माँ नहीं हैं?"

निम्की रुआँसी होकर बोली :

"कहा न, किसी और का न पूछो। किसी का भी। मैं जानती हूँ, मुझे अकेला देखकर तुम्हें कैसा लग रहा है। मैं सब बता दूँगी लेकिन आज तो बस मेरा पूछ लो। किसी ने भी नहीं पूछा, मरती रही, किसी ने नाम तक नहीं बुलाया।"

कहते-कहते निम्की फिर सिसकने लगी।

"निम्की, कहाँ से इतने सारे आँसू जमा कर रखे हैं!"
"सोचा...सोचा था, ख़त्म हो गए हैं, लेकिन आज फिर से...चलो, हाथ धो लो।"

निम्की ने लोटे के पानी से गेरू के हाथ धुलवाए। गेरू कमरे में आकर बिस्तर पर बैठ गया। निम्की ने आकर बिस्तर बिछाने के लिए उसे उठाया।

"उठो..."
"हूँ।"

निम्की ने धीरे से पूछा :

"शादी कर ली?"

पूछकर गेरू की तरफ़ देखा, फिर थोड़ा मुस्कराकर बोली :

"ऐसे ही पूछ लिया।"
"तुमने क्यूँ नहीं की?"
"वक़्त नहीं मिला। दूसरों को सँभालने में वक़्त बीत गया। तुम्हारी एक चीज़ पड़ी है मेरे पास।"

कहते-कहते बाहर निकल गई। गेरू फिर बैठ गया बिस्तर पर। निम्की हाथों में कुछ लेकर आई।

"मिट्ठू दे गई थी।"

एक कॉपी थी, जिसमें मिट्ठू अपनी कविताएँ लिखा करती थी।

"तुम्हारी मिट्ठू...पता है, पागल हो गई थी।"
"कब?...कैसे?..."
"पता ही नहीं चला, क्या हुआ?...कैसे हुआ?"
"लेकिन ये हुआ कब?"
"तुम्हारे जाने के कोई चार-पाँच महीने बाद मैं

बाहर खड़ी उपले उतार रही थी कि चिन्की दौड़ती हुई आई।''

एकदम माज़ी का पूरा मंज़र आँखों में घूम गया।

[52]

निम्की घर की दीवार से उपले उतार रही थी कि चिन्की दौड़ी हुई आई :

''दीदी...दीदी...''
''क्या है चिन्की? मैं इधर हूँ।''
''दीदी, जल्दी चलो! देखो, मिट्ठू को क्या हो गया है?''
''क्या हुआ मिट्ठू को?''
''तुम चलो न दीदी, तुम चलो।''
''पर हुआ क्या है?''
''तुम चलो न...जल्दी चलो!''

चिन्की निम्की को ज़बर्दस्ती अपने साथ ले गई।

[53]

पहाड़ी का एक टीला जिसपर बड़े-बड़े पत्थर पड़े थे। चिन्की और निम्की ने वहाँ पहुँचकर मिट्ठू को देखा और आवाज़ देने लगीं :

"मिट्ठू...मिट्ठू...मिट्ठू..."

दूर टीले पर खड़ी मिट्ठू हँस रही थी—पागलों की तरह।

"चल आ...चल, इधर आ।"

मिट्ठू पहाड़ी के टीले से उतरी और निम्की के पास आई। निम्की ने पूछा :

"क्यूँ पागलों की तरह हँस रही है?"

मिट्ठू यह सुनकर निम्की को ज़ोर से धक्का मारकर भाग गई।

"मिट्ठू...इधर आ...इधर आ!"

मिट्ठू रुक गई और फिर वापस निम्की के पास आई।

"ये क्या हो गया है तुझे?...चल, घर चल!"

मिट्ठू को लेकर निम्की और चिन्की घर आ गईं।

[54]

गेरूलाल बिस्तर पर बैठा निम्की की बातें सुन रहा था :

"फिर?"

"वही एक जगह बना ली थी उसने—चटानों, पत्थरों में घूमती रहती थी। चुपचाप बैठी रहती थी।"

निम्की फिर माज़ी में चली गई।

[55]

मिट्ठू पहाड़ी चट्टानों के ऊपर घूम रही थी और ज़ोर-ज़ोर से हँस रही थी। पहाड़ी के नीचे से निम्की ने आवाज़ दी :

"मिट्ठू...मिट्ठू...मिट्ठू, नीचे आ!"

मिट्ठू हँसते हुए पहाड़ी से कूद पड़ी। निम्की ने डर के मारे आँखें बन्द कर लीं।

[56]

गेरू की आँखें भी भर गईं, और रो पड़ा। फिर आँसू पोंछकर पूछा :

"और अम्माँ...?"

"मिट्ठू के बाद वो बिस्तर से नहीं उठी...देखते-देखते वो हड्डियों का ढाँचा बन गई। काम यूँ भी कम होने लगा था। उसी में एक दिन...चिन्की भी घर छोड़ के चली गई। जाने से पहले एक चिट्ठी छोड़ के चली गई।"

कहते-कहते निम्की ने एक चिट्ठी गेरू को निकालकर दी। गेरू पढ़ने लगा। लिखा था :

'मैं तुम सबकी तरह पागल होके मरना नहीं चाहती, मुझे ढूँढ़ना मत। मैं ज़हर खा लूँगी, लेकिन पागलख़ाने में नहीं लौटूँगी।'

"माँ की आख़िरी साँस तक मैं उसे नहीं बता

सकी कि चिन्की जा चुकी है। पता नहीं क्यूँ, इन्तज़ार था, कोई आएगा ज़रूर...''

इतना कहते हुए निम्की का सब्र टूट गया और वह फूट-फूटकर रोने लगी। एक वक़्फ़े के बाद धीरज से गेरू ने कहा :

''निम्की, उस बार तुमने कहा था, मैं सबको छोड़कर नहीं जा सकती। और सब-के-सब तुम्हें छोड़ के चले गए।''

[57]

दूसरे दिन सुबह गेरूलाल तैयार हुआ जाने के लिए और निम्की से कहा :

''इस बार मैं तुम्हें छोड़कर नहीं जाऊँगा निम्की! यहाँ से साथ ले चलने के लिए कुछ नहीं है। जो बीत चुका है, उसे छोड़ दो। जो बाक़ी है, वो बचा लो। आओ।''

निम्की रो रही थी :

''कभी चिन्की लौटी तो?''
''वो नहीं लौटेगी, मैं जानता हूँ। मैं उसे देख चुका हूँ। उसे देखकर ही तुम्हारे पास आया हूँ।''
''कैसी है वो?''
''ख़ुश है। वो जहाँ है भी है, मैंने उसे हँसते-खेलते देखा है।''

निम्की रोती रही।

''निम्की...आओ...चलो।''

गेरू निम्की को सहारा देते हुए अपने साथ ले गया। उसी ट्रक में बैठकर दोनों चल दिये अगले सफ़र पर।

तीन बहनों और एक बुढ़िया का वह घर हमेशा-हमेशा के लिए ख़ाली हो गया।

ख़त्म शुद

नमकीन

संजीव कुमार : गेरूलाल
शर्मीला टैगोर : निम्की
शबाना आज़मी : मिट्ठू
किरन वैराले : चिन्की
वहीदा रहमान : अम्माँ-जुगनी
राम मोहन : किशनलाल
टी. पी. जैन : धनीराम

कहानी : समरेश बसु
निर्माता : जयन्त मालकन
संगीत : आर. डी. बर्मन
पट-कथा, गीत, संवाद,
लेखक, निर्देशक : गुलज़ार

○○○